親友の妹が官能小説のモデルになってくれるらしい

あきらあかつき

角川スニーカー文庫

23396

SHINYU no IMOUTO ga
KANNO-SHOSETSU
no MODEL ni
natte kureru rashii

CONTENTS

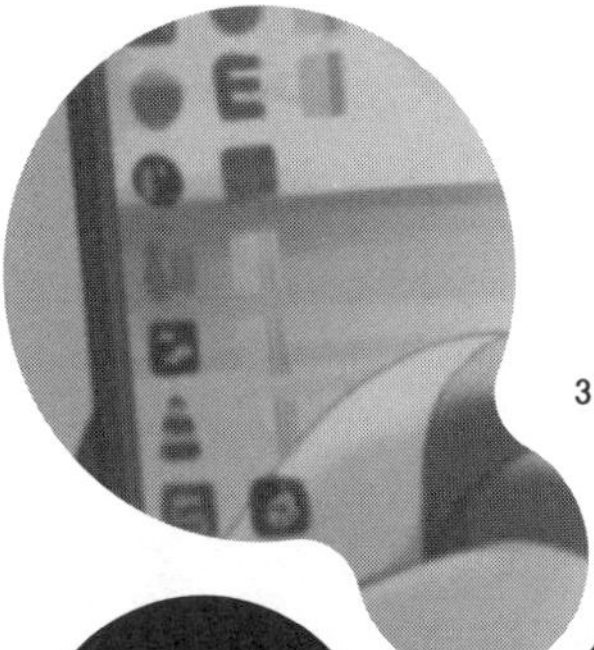

[illustration] おりょう

[design] AFTERGLOW

プロローグ

SHINYU no IMOUTO ga KANNO-SHOSETSU no MODEL ni natte kureru rashii

「ホント迷惑なんだよな。確かに味は最高だったけど、これで三日連続だぞ？　毎日、甘い物ばかり食わされる俺の身にもなってくれよって話だよ」

はぁ……また始まったよ……。

とある春の日の朝。高校へと続く桜並木を横目に、俺、金衛竜太郎《かなえりゅうたろう》と親友の水無月《みなづき》翔太《しょうた》はいつも通り歩いていた。

「鈴音《すずね》の奴《やつ》、本気で俺のこと糖尿病にさせるつもりなんじゃねえだろうなぁ……」

妹についての愚痴……に見せかけた翔太の妹自慢を聞かされるのもいつも通りだ。

どうやら昨日は翔太の妹、鈴音ちゃんがクッキーを作ってくれたらしい。

本当は可愛《かわい》い妹が自分のためにクッキーを作ってくれたのが嬉《うれ》しくてしょうがないのだろう。

が、口では鬱陶しいだの迷惑だのと言ってはいるが、表情は嘘《うそ》をつけていない。翔太の顔はさっきから終始ニヤニヤしっぱなしだ。

「いいじゃねえかよ。俺だったら鈴音ちゃんの作ったクッキーなら毎日、いや毎食だって食っても飽きねえぞ」

もはや変にリアクションするのも面倒くさい。

うきうきの翔太に適当に話を合わせてやると、翔太は一瞬嬉しそうな顔をしたが、すぐにわざとらしくため息を吐く。

そして、やれやれと言わんばかりに両手を上げた。

「お前は本当にわかってない。確かに顔は可愛いかもしれないけど、あいつは妹だぞ？てか、あいつにはいい加減兄離れをしてもらわないと先行き不安なんだ」

いや、妹離れできないお前のほうが先行き不安だよ……。

心の中でツッコミを入れてから「まあまあ」と適当になだめておく。

これらの会話を聞いてくれればわかるとは思うが、俺の親友、水無月翔太は重度のシスコンである。いやはっきり言って病気レベルかもしれない。

とにかくこの男は妹が好きで好きでしょうがないのだ。そんな彼の妹自慢を聞かされるのが俺の朝の日課となっている。

正直なところ親友とはいえ、毎日毎日こんな話を聞かされるのは迷惑きわまりない。

普段は普通にいい奴で一緒にいて楽しいのに、それだけに残念だ。

とまあ、ここまで親友をシスコン呼ばわりしてなんだけど、翔太が妹の自慢をしたくなる気持ちはわからないでもない。

水無月鈴音、それが翔太の妹の名前である。

彼女は俺たちと同じ高校に通う一つ年下の高校一年生で、この高校ではちょっとした有名人だ。この高校に通う男子生徒で彼女の名前を知らない奴はいないと言っても過言ではない。

その理由は彼女の容姿にある。

彼女は一言で言うと可愛い。

彼女がこの高校に入学した瞬間に、それまで学園のアイドルとして君臨してきた女子生徒たちが、皆ただの少し可愛い女子生徒に格下げされてしまうほどには可愛い。

それでいて佇《たたず》まいも、まるでどこかの令嬢かと勘違いするほどに上品なのがさらに男子生徒からの支持につながっている。

確かにそんな妹が俺にもいたら、こいつみたいに誰かに自慢したくなるかもしれない。

まあ翔太の場合はやりすぎだけど。

「お兄ちゃん」

背後から誰かの声がした。

そんな声に俺と翔太が同時に振り返る。

噂《うわさ》をすればなんとやらというやつだ。

俺たちの後方には学園の絶対的アイドル水無月鈴音がいた。

彼女は艶やかな黒髪とスカートを揺らしながら、こちらへと歩いてくる。

この快晴の空よりも眩《まばゆ》いその笑顔に見惚《みと》れていると、いつの間にか彼女は俺たちの前に立っていた。

もう翔太との付き合いは五年以上で、必然的に彼女との付き合いもそれぐらいになるはずなのに、やっぱりこうやって近くで見ると思わずドキッとしてしまう。

「先輩、おはようございます」

と、そこで鈴音ちゃんは俺の顔を見て丁寧に頭を下げた。この見知った相手にも馬鹿丁寧に頭を下げるところが彼女を淑女たらしめている。

くりっと大きな瞳に通った鼻筋、それでいて彼女に幼い印象を与える小さな口が絶妙なバランスで配置されていた。

彼女が身に着けた学校指定の制服にはよくアイロンが掛けられており、俺のブレザーとは違い埃一つ見当たらない。

彼女を眺めているといかに自分が汚い物体なのか思い知らされる……。

「おう、鈴音ちゃんおはよう」

そう挨拶を返すと、鈴音ちゃんは次に兄貴である翔太を見上げた。

「お兄ちゃん、お弁当忘れてるよ。せっかく作ったのに忘れるなんてひどいよ……」

そう言うと鈴音ちゃんは一瞬、ふくれっ面になる。

可愛い。

そんな彼女に見惚れていると、彼女はいつのまにか笑顔に戻り、鞄《かばん》から弁当箱を取り出した。

この高校の男子生徒の大半が喉から手が出るほど欲しがる品であろう彼女の手作り弁当。

それを見た翔太はわずかにニヤつく。

キモイ。

それでも俺の目を気にしたのだろうか、すぐに仏頂面を浮かべると当たり前のように彼女から弁当を受け取り、自分の鞄に放り込んだ。

そして何食わぬ顔で再び歩き出す。

そんな翔太を眺めながら、俺はわずかに鈴音ちゃんを不憫《ふびん》に思わないこともない。

だが本人のほうはそんな兄の態度に文句を言う様子もなく、前を歩く兄の少し後ろをついていくように歩き出した。

少し歩いたところで、ふと翔太は足を止める。

「ああ、そうだ。すっかり忘れてた」

突然そんなことを言うので何事かと翔太を見やると、彼は鈴音ちゃんを見下ろした。

「鈴音、今日の放課後は暇か？　実はお袋から帰りに隣町のペットショップでメルの餌を買って来いって言われてたんだけど、俺、メルの餌の商品名忘れちゃったんだよ。悪いけど鈴音もついてきてくれないか？」

「え？　え〜と……それは……」

と曖昧な返事をする鈴音ちゃん。そんな彼女を翔太はやや高圧的に「なんかあるなら、はっきり言えよ」と睨《にら》みつけた。

「今日は深雪《みゆき》ちゃんと一緒にお菓子を作ろうって約束しているの。深雪ちゃんは私よりもお菓子作りが得意だから、色々と教えてもらおうかなって……」

わずかに震える声で答える鈴音ちゃん。

なんというか昔の亭主関白の夫婦みたいで、見ていてあまり気持ちのいいものではない。

そんな鈴音ちゃんの返答に翔太はしばらく眉をしかめたままだったが、ようやく納得したようで「まあ、そういうことならしょうがないな」と返事をした。

すると、鈴音ちゃんは俺に視線を送るとわずかに微笑《ほほえ》む。

「先輩、今日はお邪魔しますね」

彼女が俺にそんなことを言う理由は単純明快だ。

彼女が今日、お菓子作りを教わりに行くと言っていた深雪ちゃんとやらは、俺の妹、金衛深雪だからである。

我が妹、深雪は鈴音ちゃんと同い年の高校一年生で、俺たちとは別の高校に通っている。

それでも、鈴音ちゃんとは今も頻繁に遊んでいるようで、彼女が我が家を訪れるのは珍しいことではない。

もっとも彼女が家に来るときは、深雪の言いつけで俺は自室に引っ込むのだが。

「どうしようかな……俺、どの餌を買えばいいのかわかんねえぞ……」

鈴音ちゃんに誘いを断られた翔太は少し困ったように頭を掻《か》いていた。

どうやら飼っているハムスターのいつもの餌がどれなのかわからないらしい。

そんな兄貴に鈴音ちゃんは、すかさず「それなら」とスマホを取り出す。

「それならこの間、私が頼まれたときに撮ったパッケージの写真があるよ」

彼女は兄に写真を見せようと、スマホのロックを解除した。

そんな姿を呆然《ぼうぜん》と眺めていた俺だったが、鈴音ちゃんがスマホの画面を開いた瞬間、不意に大きく目を見開いて、頬《ほお》を僅かに紅潮させたことに気がついた。

「ひゃっ⁉」

と、彼女が何かに驚いたように肩をビクつかせると、その拍子に彼女の手からスマホがするりと落ちる。

スマホは一度彼女のローファーのつま先に衝突してから、俺の足元へと転がってきた。

幸いなことに背面から落ちたようで、画面にひびは入っていないようだ。

俺はしゃがみこむと、彼女のスマホを拾ってあげようとした。スマホには何かの画面が表示されており、特に覗《のぞ》くつもりはなかったのだが、反射的に画面に目がいってしまった。

「っ!?」

その画面を見た瞬間、俺は全身が凍りつくような感覚を覚える。

こ、これって……嘘だろ……。

人のスマホをじろじろと眺めることがいかに失礼なのかは俺だって知っているさ。だけど、そこに表示されていたのはあまりにもいつもの鈴音ちゃんのイメージとはかけ離れたモノだった。俺は思わず拾い上げることも忘れて画面を凝視してしまう。

「ご、ごめんなさいっ!!」

鈴音ちゃんは素早くしゃがみ込むと摑《つか》み取《と》るように、地面に落ちたスマホを拾い上げた。そして、隠すように素早く自分のポケットに入れる。

普段の淑女的な鈴音ちゃんからは想像できないほどの慌てぶりに、思わずあっけにとられる。

呆然と鈴音ちゃんを見つめた。鈴音ちゃんはそんな俺の視線に気がついているのかいないのか、俺から視線を逸《そ》らしたまま頰を真っ赤に紅潮させている。

そして翔太を置いてけぼりにしたまま、しばらく気まずい空気を彼女と共有していると、彼女は不意に少しぎこちない笑みを浮かべ「わ、私、今日は日直なのでお先に失礼しますね」、と俺に頭を下げてそそくさと学校のほうへと早歩きで行ってしまった。

まるで俺から逃げ出すように……。

「なんだよあいつ……」

そんな彼女の後ろ姿を、何も知らない翔太は呆然と眺めている。

だけど、俺には彼女が顔を真っ赤にして逃げるように立ち去る理由はわかっていた。

彼女のスマホに表示されていたもの……それが官能小説だったからだ。

ありえない……。

なんで鈴音ちゃんのスマホにそんなものがっ⁉

鈴音ちゃんほどではないが、俺も内心パニックを起こしていた。

だが、間違いない。あれは官能小説が投稿できる小説投稿サイトだ。

およそ鈴音ちゃんが閲覧するとは思えないえっちなサイト……。

落下したときに、たまたま開いたのか？

いや、そんなことありえないだろ。

それに俺にアレを見られたとき彼女は明らかに狼狽《ろうばい》していた……ってことは彼女も何が表示されているのか知っていたのだ。

確かに俺は彼女のスマホにそんなサイトが表示されていることに驚いた。

だけど、俺が驚いたのはそれだけではない。

もしも俺の見間違いでなければ、彼女のスマホには『親友の妹をＮＴＲ』という文字が表示されていた。

間違いない。

あの官能小説は俺が書いたものだ。

第一章　お前の妹、ひかえめに言ってド変態だぞ……

自宅に帰ってきた俺はリビングのソファで頭を抱えていた。

鈴音《すずね》ちゃんが俺の官能小説を読んでいるなんてありえない。

だって官能小説だぞ？　それも近親相姦《きんしんそうかん》兄妹の妹を兄の友人が寝取るという、なかなかハードな官能小説をあの鈴音ちゃんが読んでいるなんて、普通に考えてありえないだろ。

少なくとも俺の知っている鈴音ちゃんはそんなものを好んで読むような女の子ではない。

鈴音ちゃんは学園一の淑女で、隣を通り過ぎるだけで甘い香りが漂うような美しさと清潔感の極みにいるような女の子だ。

そんな女の子が、どうして、こんな冴《さ》えない童貞である俺が書いた汚らわしい小説を読まなきゃなんない。

彼女にとって俺の小説なんて、タイトルを聞くだけで耳を塞ぎたくなるような低俗なものに違いない。

そう考えると、やっぱり今朝のことは何かの勘違いだという気がしてきた。

そうだ。やっぱりそんなことありえない。

そう自分に言い聞かせていると、不意にリビングのドアが開いた。

家に誰もいないと思い込んでいた俺は思わずビクついてしまい、持っていたスマホを床に落としてしまう。

ドアを見やると、そこには買い物袋を持った妹、深雪《みゆき》の姿があった。そして、落下したスマホには俺の官能小説の編集ページが思いっきり表示されている。

やっば……。

俺は慌ててスマホを拾い上げてポケットに隠す。

「お、おう、妹よっ。帰っていたのか？」

そのあまりにもぎこちなく不自然な俺の態度に、深雪は不思議そうに首を傾《かし》げた。

そして、不意に何かに気がついたように目を細めると、疑うように「じ……」と俺を見つめる。

「おにい、なんか怪しい顔してる……」

「怪しい顔？　さて、なんのことやら」

「おにい、なんかえっちな目してたもん……」

「おやおや、両親から貰《もら》った大切な目をえっちな目呼ばわりとは心外だな」

「私は両親から貰った大切な目をえっちな目にした、おにいに怒ってるの」

「残念だな。このえっちな目は親父《おやじ》からの遺伝だぜ」

「うぅ……反論できない……」

はい論破。

けどなんでだろう……論破したはずなのに少し胸が苦しい……。

どうやら、深雪は俺がスマホでこっそりアダルトサイトを見ていたと疑っているらしい。

それは完全なる誤解だ。

俺はアダルトサイトの閲覧者ではない。

アダルトコンテンツの制作者だっ!!

でも、そんな弁解をすると、さらに妹から軽蔑の目で見られるのは必至なので、黙っておくことにした。

深雪はしばらく俺のことを汚い物でも見るような目で睨《にら》んでいたが、不意に「はぁ……」とため息をつくと、リビングへと入ってくる。

「そのえっちな目で鈴音ちゃんのこと見たら怒るからね……」

鈴音ちゃん？　あ、そういえば……。

と、そこで俺は、今日鈴音ちゃんが深雪からお菓子作りを教わるために我が家にやってくることを思い出す。そして、思い出すと同時にリビングにもう一人少女が入ってきた。

鈴音ちゃんだ。鈴音ちゃんは深雪同様に買い物袋を手にぶら下げていた。

彼女は俺の顔を見るなりわずかに微笑《ほほえ》む。

可愛《かわい》い……。

一瞬とはいえ、俺は学園のアイドル水無月《みなづき》鈴音の笑顔を独り占めしているという事実に、頬《ほお》を綻ばせずにはいられない。

「おにいっ!!」

が、そんな俺の心を見透かすように深雪が、鋭い視線で牽制《けんせい》してくる。

「先輩、今日はお邪魔しますね」

相変わらずの笑顔でそう言う鈴音ちゃんに、俺は「あ、ああ、まあ自分の家だと思って使ってくれていいから」と、一家の主のような返事をしつつも確信する。

やっぱり今朝のことは何かの間違いだったんだ。

こんなに天使みたいな笑みを浮かべる彼女が俺の官能小説を読んでいるなんてありえない。

やっぱり俺の見間違いだったんだ。

そうに違いない。

ってか、そうであってくれ。

と、そこで深雪が不意に俺の前までやってきた。

「ほらほら、今からこのリビングは男子禁制なの。おにいは部屋に帰った帰った」

ここは素直に退散したほうがよさそうだ。ソファから立ち上がり、リビングを出るために鈴音ちゃんの前を横切ろうとした。

「先輩のぶんのクッキーも頑張って作りますね」

そこで鈴音ちゃんが俺を見上げてそう言った。

「俺のぶん？」

「先輩は甘いのはあまり好きではないですか？」

「いや、そういうことじゃなくて……いいのか、俺なんかが食っても」

「はい、迷惑でなければ先輩にも味見してもらいたいです」

「ありがとう。じゃあ楽しみに待ってるよ」

そう答えると、少し不安な顔をしていた鈴音ちゃんは再び笑顔を取り戻して「はい」と小さく頷《うなず》いた。


部屋に戻った俺は、昨日すでに書き終えていた官能小説の最新話を推敲《すいこう》することにした。

一時間ほどかけて、細かいセリフの変更や誤字脱字の修正を終えるとそのまま投稿ボタンを押す。

終わった……。

液晶と睨めっこをしてすっかり目が疲れた俺は、そのまま机にもたれ掛かって目を閉じ

た。

　それからぼーっと五分ぐらい休んでいると、不意にスマホから♪ピロリロリンと通知音が鳴る。

　ゆっくりと目を開けて、スマホに目を落とすと、そこには『あなたの小説に感想が書かれました』の文字。俺は慌ててスマホを手に取って通知をタップする。

　ってか感想書くの早すぎじゃねえか？

　なんて驚きつつも感想を読んでいく。

『こののん様へ。最新話、読ませていただきました。今回もとても面白く、それでいてとても刺激的でした。私自身、ハルカちゃんになったような気持ちになり、恥ずかしいですが少しだけ興奮しました。次の話にも期待していますね』

　幸いなことに感想欄には好意的なコメントが書かれており、胸を撫《な》で下《お》ろす。

　やっぱり小説を書いていて、自作を褒められることほど嬉《うれ》しいことはない。この喜びを忘れないうちに返信を書こうと、コメント欄へと画面をスクロールしようとした。

　が、そこでその感想にまだ続きがあることに気がつく。

『追伸　実は今日、先生の作品を読んでいることが兄の親友にバレてしまったかもしれません。先生の作品は大好きですが、私がえっちな女の子だと男の子に思われるのは、やっぱり少し恥ずかしいです……』

その一文を読んだ瞬間、自分の顔から血の気が引いていくのがわかった。

ちょっと待て……その感想に心当たりがありすぎるぞ……。

感想を書いてくれたのは毎話、熱心に俺の作品に感想を書いてくれている常連の読者さんだ。

その人が女の人だったことすら俺は今初めて知ったのだが、この際、そんなことはどうでもいい。

問題は彼女が官能小説を読んでいることが兄の親友にバレたという記述だ。

今朝、俺は鈴音ちゃんのスマホに官能小説が表示されているのを偶然見てしまった。そして、鈴音ちゃんは親友の妹だ。

これを偶然と呼んでいいのだろうか？

いや、インターネットは全世界に繋《つな》がっているのだ。広い世界の中でこの程度の偶然の一致はあり得るのかもしれない。

だけど、ここまでの偶然ってそんなによくあることなのだろうか……。

ダメだ……胸のざわめきが止まらない。

いや、でもちょっと待て。鈴音ちゃんは今、俺の家のキッチンでお菓子作りに勤《いそ》しんでいるはずだ。

隣に深雪もいるのに、俺の作品を読んだうえで、こんなに長い感想を書くことなんて可能なのだろうか？

そうだ。そんなのは不可能だ。だから、これはやっぱり偶然の一致だ。

そう自分に言い聞かせた。いや、言い聞かせないと平常心を保つことができなかった。

俺は頭の中で『おちつけ竜太郎《りゅうたろう》。おちつけ竜太郎』と唱えながら返信欄を開く。

『すず様へ』

そこまで書いて、俺は今更ながらいつも感想を書いてくれているこの読者のアカウント名が『すず』であることに気がついた。

すず……すず……鈴音……。

いやいや偶然だ。そうに違いない。

震える手で返信を入力する。

『すず様へ　さっそくのご感想ありがとうございます。すず様のご期待に応えられてよかったです。次話ではさらに展開がある予定ですので、ご期待ください』

ここまでは定型文のような返信だ。その文章の下に俺は『追伸』と入力する。

『確かにそれは恥ずかしいですね。今後は一人で読まれることをお勧めします』

そう入力して、返信ボタンをタップした。感想欄に新たに俺の返事が表示されるのを確認してスマホを置く。

が、それから五分もしないうちにまた俺のスマホの通知音が鳴った。

『あなたにメッセージが届きました』

そう書かれていた。

この通知は小説サイトにダイレクトメッセージが届いたことをお知らせするものだ。

メッセージ？

俺は恐る恐る通知ボタンをタップする。そして、そこに書かれたメッセージに愕然《がくぜん》とした。

『こののん様へ　さっそくのお返事ありがとうございます。実は今、その兄の友人の家にいます。ちょっと怖いですが、バレているかどうかそれとなく確認してきますね』

コンコン。

と、そこで誰かが俺の部屋をノックした。その不意打ちに、俺は思わず「うわっ⁉」と椅子から滑り落ちそうになった。

「おにい、開けてもいい？」

ドアの向こう側から聞こえたのは深雪の声だった。

なんだよ。驚かせんなよ……。

わずかにホッとして椅子に座りなおす。

「いいよ。勝手に開けろ」

そう答えると、ドアがゆっくりと開いた。

ドアの前に姿を現したのは深雪……ではなく鈴音ちゃんだった。

「す、鈴音ちゃんっ⁉」

俺の驚く顔に、鈴音ちゃんもまた少し驚いたように目を見開く。そして、なぜだろうか？　わずかに頬を紅潮させているように見えた。

「ど、どうかしたの？」

そう尋ねると鈴音ちゃんは「え、え〜と……それは……」と少し困惑した様子で後ろ手に隠していた包み紙を、両手で胸に押し当てるように抱えた。

「鈴音ちゃんが、おにいにもクッキー食べてほしいんだって。だから、味見してあげてほしいの」

と、そこで鈴音ちゃんの背中から深雪がひょっこりと顔を出す。

「ああ、そういえば……」

そういえば、さっき先輩のぶんも作るって言ってたっけ？　正直、今の俺には鈴音ちゃんのクッキーを心待ちにしている余裕はなく、すっかり忘れていた。

「入ってもいいですか？」

と、尋ねる鈴音ちゃんに「もちろん」と答えると、彼女は部屋に入ってきた。

彼女は制服の上にウサギのプリントされた自前のエプロンを付けていて、それがよく似合っている。

俺の知っている鈴音ちゃんだった。何も変わらないいつもの純真無垢《じゅんしんむく》で清潔感に満ちた女の子。

だけど、彼女は俺の官能小説を読んでいる。それどころか、今、持っているそのクッキーを作りながらも、頭の中は官能小説のことで一杯なのかもしれない。そんなこと誰が想像できるだろうか？

俺の中で水無月鈴音という女の子像がガラガラと音をたてながら崩れ去ろうとしていた。

実際のところ、どうして鈴音ちゃんが俺の部屋に来たのかはわからない。鈴音ちゃんが俺の官能小説を読んでいるなんて、普通に考えればあり得ないし、彼女の言う通り単に俺にクッキーの味見をしてほしかっただけかもしれないし。

が、三人で折り畳みの机を囲みながらクッキーを頬張っている間、俺の緊張が緩むことは一切なかった。

正直なところ、クッキーの味も全く感じない。

もちろん、それは鈴音ちゃんのクッキーがマズいというわけじゃない。きっと美味《うま》いんだろうよ。少なくとも昨日の俺なら欠片《かけら》一つ残さずに食っていたに違いない。

が、

「…………」

鈴音ちゃんは俺がクッキーを食っている間、ただ黙ったまま、ちらちらと俺の表情を窺《うかが》っていた。

「黙ってないで、感想ぐらい言ってあげれば？」

と、そこで痺《しび》れを切らした深雪が俺を睨む。

そこでハッとする。

「え？　あ、ごめん。美味いよ。めちゃくちゃ美味い。ありがとな」

と、とってつけたような賛辞を贈るが、鈴音ちゃんはそれでも満足したようにほっと胸を撫で下ろした。そして、わずかに笑みを浮かべると俺を見つめる。

「じゃあ、私たちはそろそろリビングに戻るね」

深雪がそう言って立ち上がる。どうやら、俺の部屋に長居したくないらしい。鈴音ちゃんを促すようにドアへと歩いていく深雪だったが、鈴音ちゃんは「う、うん……」と答えはするものの、なかなか立ち上がろうとはしない。

「鈴音ちゃん？」

と、そこで不思議に思った深雪が首を傾げていると、彼女はエプロンのポケットから何かの包み紙を取り出した。

「実は、クッキーをいただくときに一緒に飲もうと思って紅茶を持ってきたの。すっかり忘れてたんだけど、一緒に飲まない？　せ、先輩もよければどうですか？　アールグレイっていう柑橘系《かんきつけい》の紅茶なんですが……」

もしかしたら勘違いかもしれない。

だけど、なんとなくだが鈴音ちゃんの言葉は、紅茶を飲みたいというよりは、もう少しこの部屋に留《とど》まっていたいと言っているように聞こえた。

そう感じたのはどうやら深雪も一緒だったようで、一瞬、不思議そうに俺と目を合わせてから「じゃあせっかくだし貰おうかな。鈴音ちゃん、それ貸して。私が淹《い》れてきてあげる」と笑みを浮かべて部屋を出ていった。

かくして、俺と鈴音ちゃんは部屋に二人取り残されてしまったのだが……。

「…………」

気まずい……。

鈴音ちゃんはテーブルを挟んで向かい側で行儀よく正座していた。

が、彼女もまた俺同様に気まずさを感じているようで、何やらそわそわした様子で落ち着きがない。そして、なぜか頬もわずかに紅潮させている。

ここは年上である俺が何か話を振らなきゃまずいよな……。

意を決して口を開いてみた。

「そういえば――」

「ちょっと兄に――」

最悪だ。

俺と鈴音ちゃんは同時に声を出したせいで、お互いの言葉がかき消されてしまう。

「ご、ごめん、どうぞ」

鈴音ちゃんに発言を譲ると、彼女は少し申し訳なさそうに口を開いた。

「兄にペットの餌の写真を送らなければならないので、少しスマホを触りますね？」

「え？　うん、全然大丈夫だよ。そういや翔太《しょうた》のやつ、餌の名前がわからないとか言ってたもんな」

「そ、そうなんです……」

そう言うと、鈴音ちゃんはエプロンからスマホを取り出して、何かを入力し始めた。そんな彼女を眺めながら、俺は思う。

やっぱりこんなに可愛くて可憐《かれん》な女の子が官能小説なんて……。

そんなことを考えていると、彼女はメッセージを入力し終えたのか、スマホをポケットに入れた。

その直後だった。

♪ピロリロリン
スマホの通知音が部屋に響いた。鳴ったのは俺のスマホだ。

なんだ……この絶妙すぎるタイミングは……。鈴音ちゃんがスマホをポケットに戻した瞬間、俺のスマホの通知が鳴る。

　そんな奇跡みたいなタイミングに、俺はあえてスマホの通知を無視することにした……のだが。

「はわわっ……」

　鈴音ちゃんはそんな声を上げて頬を真っ赤にした。

　あ、これはやばいかも……。

　鈴音ちゃんよ……。翔太にメルの餌の写真を送ったのではなかったのかい？

　鈴音ちゃんは信じられないとでも言いたげに俺をじっと見つめていた。

　そりゃそうだ。あまりにも通知音の鳴るタイミングが完璧すぎる。

　だが待て。まだ何とか言い逃れはできるはずだ。

　ここで俺は一芝居打つことにした。スマホを手に取ると「あ、あははっ……」とひきつった笑顔を浮かべる。

「そ、そういえば今日はソシャゲの大幅アップデートがあったんだった。そのせいでやたら通知が届くんだよね……」

「そ、そうなんですね……」

　と、その明らかに不自然な俺の言葉に鈴音ちゃんも合わせるように苦笑いを浮かべた。

　マズい……これはマズい……。

俺は慌てて小説投稿サイトのアプリを開く。そこには『すず』さんから届いたアプリ内のダイレクトメッセージが表示されていた。

『兄の友人が挙動不審です。もしかしたら本当に私が先生の小説を読んでいることがバレてしまったかもしれません泣』

OH……NO……。

どうやら今の俺は挙動不審らしい……。

いや、まだだ。

俺は首を横に振った。百歩譲って俺が鈴音ちゃんの官能小説趣味を知ってしまったことがバレる分には問題ない。

いや、大ありだけど、俺がその小説の作者であることがバレることと比べれば傷は小さいのだ。

「やっぱり、ソシャゲのアプデの通知だったよ。ホント困ったもんだね。あははっ……」

とにかくソシャゲの通知だということでここは押し切るしかないのだ。

「…………」

が、そんな俺の言葉に鈴音ちゃんは何も答えない。

あ、やばい……。

彼女は今にも泣き出しそうな顔で、スマホと俺の顔を交互に見やった。

そんな鈴音ちゃんを見て見ぬふりをして、アプリの設定を開く。

とりあえず通知をオフにしなければまずい。普段あまり使わない設定を眺めて必死に通知の設定欄を捜す俺。

だが、見つからない。

いや、どこかにはあるんだろうけど、焦りのせいと設定を使い慣れていなかったせいで通知を切ることができない。

あーヤバいヤバい……俺の人生終わっちゃう……。

鈴音ちゃんに作者が俺だなんてバレたら、本気で人生終わっちゃう……。

鈴音ちゃん同様に、俺もまた泣きそうになりながら設定をいじっていた……のだが。

♪ピロリロリン

と、また何かの通知音が鳴った。

そして、

♪ピロリロリン

♪ピロリロリン

♪ピロリロリン

♪ピロリロリン

♪ピロリロリン

♪ピロリロリン

と通知音が止まらなくなった。

おいおい、どうしたどうしたっ⁉

スマホがバグったのかっ⁉

メッセージを開くと、そこには泣き顔の絵文字が連投されていた。

まるで鈴音ちゃんの今のお気持ちを表現するように……。

顔を上げると「はわわっ……」と声を漏らしながら、スマホの画面をタップする鈴音ちゃんの姿。

めちゃくちゃ連打してる……。

そして、

「せ、先輩っ」

鈴音ちゃんが俺を呼んだ。

「は、はい……」

終わった……完全に終わった……。

目がうるうるするのを感じながら彼女へと視線を向ける。彼女は恥ずかしいのか、ぎゅっと握った手で口元を隠しながら俺から視線を逸《そ》らした。

可愛い。

けど、今はその可愛さに見惚《みと》れている場合ではない。

「先輩、一つお尋ねしてもいいですか？」

「は、はい……なんでしょうか？」

「は、ハルカちゃんにはモデルはいるんですか？」

「なっ……」

絶句した。

鈴音ちゃんからこののんの正体が自分であることを追及されると身構えていた俺だったが、彼女が口にしたのはその先のことだった。

もはや鈴音ちゃんの中では、こののん＝俺であることは確認をするまでもない事実のようだ。

彼女はその上でさらに質問してきている。

そして、その質問は俺にとっては致命的な質問だった。

鈴音ちゃんは気づいている……。完全に気づいてしまっている……。

「先輩の小説に出てくるハルカちゃんって……」

「…………」

「わ、私のこと……ですか？」

この日、俺の身に、考えられうる最悪な事態が起こってしまった。

バレた……。鈴音ちゃんに俺が官能小説を書いていることがバレてしまった。

いや、それだけではない。それどころか、ヒロインのモデルが彼女であることがバレてしまった。

彼女は相変わらず泣き出しそうな顔で俺を見つめている。

怒っているのだろうか？

いや、怒っているに決まってるよな。

だって官能小説のモデルだぞ？　俺に勝手に官能小説に登場させられて、作中であんなことやこんなことをさせられているのだ。

怒らないはずがない。

軽蔑しないはずがない。

そしてそれが当然の反応だ。

「ど、どうなんですか？」

何も答えない俺に鈴音ちゃんは痺れを切らしたように尋ねる。

「それはその……」

「はっきり答えてください……」

もう言い逃れなんてできない。

「お、俺の小説のハルカちゃんは……」

そこにはティーポットの乗ったお盆を持った深雪が立っていた。

ドアのほうからそんな声がした。俺と鈴音ちゃんは慌てて声のほうへと顔を向ける。

「おにい……」

そこまで言ったときだった。

「ハルカちゃんのモデルは……」

「は、ハルカちゃんは？」


深雪の乱入もあり、結局、鈴音ちゃんと込み入った話はできなかった。

深雪に変に勘繰られないよう、あくまで自然を装って紅茶を楽しんだつもりだが、俺も鈴音ちゃんも終始挙動不審だったと思う。

そして、紅茶を飲み終えたところでこの日はお開きとなった。

「深雪ちゃん、今日はありがとう。それに先輩も今日はお邪魔しました」

玄関まで見送りに出た俺と深雪に鈴音ちゃんが挨拶をする。

そのころには鈴音ちゃんもようやく平常心を取り戻したのか、いつもと変わらぬ天使のような微笑を浮かべていた。

彼女はローファーに足を入れるとそのまま片足立ちになって、かかとの部分に指を入れる。その際に彼女のスカートがひらりとわずかに翻った。

靴を履くだけでも、それが鈴音ちゃんだというだけで、その仕草が、小説の描写に使えそうに感じるから恐ろしい。

靴を履き終えると鈴音ちゃんは俺に一度丁寧にお辞儀をしてから、深雪に「じゃあね」と小さく手を振って金衛家《かなえけ》をあとにした。

このぶんだと、しばらく連載は進められそうにないな、精神的に……。

ドアが閉まるまで鈴音ちゃんに「またね！」と元気よく手を振っていた深雪だったが、ドアが閉まった瞬間、手を下ろして俺を見上げる。

「おにい」

そのなんとも無機質な声に「なんだよ……」とやや動揺しながら返事をすると、彼女は怒ったようにむっと頬を膨らませた。

「おにいっ!!　どういうことか説明して」

一瞬何事かと困惑したが、すぐに俺は彼女の怒りの理由を悟った。

やばい……バレた……。

きっと深雪は聞いたのだ、紅茶を淹れて部屋に戻ってくるときに俺と鈴音ちゃんの会話を聞いたのだ。

ちょっと待て。それってヤバくねえか？

俺が官能小説を書いているだけならまだしも、それを鈴音ちゃんが読んでいたなんて知られたら、深雪に殺されても文句は言えない。

「説明ってなんのことだよ……」

が、俺はバレバレとわかっていてあえてシラを切る。

拷問にかけられたって鈴音ちゃんの名誉を守るために口は割らないっ!!

そんな俺を深雪はしばらく黙って睨んでいた。

そして、

「今日の鈴音ちゃん、おにいのこと異性を見る目で見ていたよ……わけがわからないんだけど……」

深雪はそう言って首を傾げた。

官能小説の件がバレたと思い込んでいた俺は、予想外の言葉にやや拍子抜けする。

「は、はあ？　異性を見るような目？　なんだよそれ」

「私にも理解できないから聞いてるんだけど」

「いや、異性って、一応俺は鈴音ちゃんにとって異性だし……」

「そういうことじゃないよ。今日の鈴音ちゃんは明らかにおにいのことを片思いの男子を見るような目で見てたよ」

「は、はあっ!?」

何を言い出すかと思えばそんなことを言う深雪。

いったい、いつ鈴音ちゃんがそんな目で俺を見た？

「私ね、鈴音ちゃんとは長い付き合いだからわかるの。今日の鈴音ちゃんは明らかにおにいのことを異性として意識してた……」

そこまで言われて俺はハッとした。

どうやら目の前の馬鹿な妹は何か大きな勘違いをしているらしい。

確かに今日の鈴音ちゃんは終始落ち着きがなく、俺の顔色を窺うような仕草をしていた。

が、それは別に俺に好意を持っていたからじゃない。

単に、自分が官能小説を読んでいる事実が、俺にバレていないか確認していただけだ。

けど、そんな弁解は口が裂けてもできるはずがないよな……。

「そ、そんなのお前の勘違いだろ。だいたい考えてもみろ。俺みたいな冴えない男にどうして鈴音ちゃんが色目なんか使わなきゃなんない」

「わかんない……。けどこれだけはわかるもん。鈴音ちゃんは今日メスの顔をしてた」

「なんだよメスの顔って……」

「ってか、おにいって、いつ鈴音ちゃんと連絡先交換したの？」

「いやいや、交換なんかしてねえよ」

「じゃあ、鈴音ちゃんがお菓子作りの合間にそわそわしながらスマホで連絡を取ってたのは、おにいじゃないってことでいいの？」

「そわそわしながら連絡？　……あっ……」

いや、ちょっと待て。それは勘違いだぞ深雪。

彼女はそわそわしながら俺と連絡してたんじゃない。

そわそわしながら官能小説の感想を書いてたんだよっ!!

と、声を大にして言ってやりたかった。が、もちろんそんな説明ができるわけもなく、
それどころか俺の「あっ……」という反応に、深雪の疑いは確信に変わる。

「本当はこっそり鈴音ちゃんと連絡とってたんでしょ〜。怒らないからこの深雪ちゃんに正直に話してみ？」

「いや違うっつうの……」

「おにいってホント隠し事下手だね。それに鈴音ちゃん、おにいがクッキー食べてるときも同じようにそわそわしながら、おにいのこと、ちらちら見てたよ？」

いや、だからそれも官能小説をだな……。

ああ、ダメだ。何一つ真実が説明できなくて歯がゆいっ!!

「私にはわかるの。たぶん、鈴音ちゃんおにいのこと好きだよ」

と、そこで深雪は何故《なぜ》か嬉しそうな笑みを浮かべてそう言った。

「はあ？　鈴音ちゃんが？　それだけはない」

「私だって昨日まではありえないと思ってた。けど、あれは間違いない。そっか、おにい

にクッキーの味見をしてほしいって言ってたのも、そういうことだったんだ……納得、納得っ」

と、一人で嬉しそうに納得する深雪。

本当に女子校生という生き物はこの手の話が大好物らしい。

が、確かに事情を知らなければ、深雪がそう勘違いするのも無理はないかもしれない。

深雪はにゅっと首を伸ばして俺に顔を近づけるとにんまりと笑う。

「おにい、私がキューピッドになってあげよっか？」

「余計なお世話だな。それに鈴音ちゃんが俺を好きになるなんてありえない」

軽蔑されている可能性はあるけどな。

が、今日の深雪はしつこい。

首を横に振ると「ううん、そんなことないって。きっとチャンスだよ」とあくまでキューピッドを務めるつもりらしい。

「考えてみて？　相手は鈴音ちゃんなんだよ？　あの誰が目に入れても痛くないぐらい可愛い鈴音ちゃんが、おにいなんかに気があるんだよ？　こんなの人生最初で最後のチャンスだよっ‼」

「さりげなく俺のことをけなしてないか？」

「じゃあ、おにいは鈴音ちゃん以上の女の子が、今後おにいのことを好きになるって思う？」

「それは……」

くそおっ!! 言い返せない!!

「おにい、私は妹としておにいに幸せになってほしいと思ってるよ? 鈴音ちゃんは見た目も可愛いし、性格だっていい。それは親友の私が保証する。そんな女の子とのキューピッドになってあげるって言ってるのに、おにいは何が不満なの?」

不満? そんなものあるわけねえだろ。

そりゃ俺だって、鈴音ちゃんみたいに可愛い女の子と仲良くできるなら小躍りだってするよ。

官能小説のモデルにするぐらいの美少女だからなっ!!

だけど、妹よ。お前は勘違いをしている。鈴音ちゃんは俺のことが好きなんじゃない。

俺の書いた官能小説が好きなんだ。

ん? 俺、何言ってんだ?

「とにかく、おにい。よく考えてね。おにいが心配しなくても私が万事うまくやるから。あ、でも翔太くんにはバレないように気をつけてね。だって翔太くん、鈴音ちゃんとおにいが付き合ってるなんて知ったら、おにいのこと包丁で刺しかねないから」

「全然冗談になってねえ……」

可愛い妹に俺が官能小説なんて読ませてることを知ったら、あいつは俺を石臼で挽《ひ》いて粉にして痕跡ごと消したって不思議ではない。

「そういうことだから。おにい、頑張ってねっ!!」

そう言って深雪は俺の背中をポンと叩《たた》くと、そのままリビングへと消えていった。

玄関で呆然《ぼうぜん》と立ち尽くす俺。

ああ、なんか知らないけど色々と面倒なことに巻き込まれているような気がする……。

俺の出来心で書き始めた官能小説は、俺の人生をあらぬ方向に導こうとしているようだ……。

※　※　※

「先週の日曜日なんて、あいつの買い物に一日中付き合わされてさ、夜にはレストランでディナーだぞ？　あいつたぶん、俺を彼氏か何かと勘違いしてるぞ……」

はいはい、今日は鈴音ちゃんの彼氏気取りができたのが嬉しかったって話ね。

しゅごーい、翔太くんったらあの鈴音ちゃんとデートをしたんだね。親友として心から羨ましいと思うよ。

俺みたいな冴えない高校生には一生手の届かない領域だね。それが簡単にできる翔太くんはしゅごいんだね。

俺なんて精々、鈴音ちゃんとデートする妄想をしてブヒブヒするのが限界だもんね。ブヒィ!!　ブヒィ!!

はぁ……。

今日も今日とて、翔太の妹自慢を聞きながらの登校だ。

一周回って、もはやこいつの妹自慢は清々《すがすが》しくすらある。だから、今日はこいつがもっとも喜ぶであろう反応をしてやることにした。

もちろん、口には出さないけどな。

親友の自慢をせめてもと心の中で讃《たた》えてやっていた俺だが、実際のところはそんなことをしている場合じゃないぐらいに精神的に疲弊していた。

この一週間、俺は官能小説が書けないでいた。

もちろん、その原因は鈴音ちゃんが俺の小説を読んでいたこと、いや、それどころかその作品のモデルが鈴音ちゃん自身だということが本人にバレていたことだ。

酷《ひど》い言い方ではあるが、これまでは本人にバレていないことを良いことに、俺は好き勝手書いていた。

ときには読者の求める過激なことを作中のハルカちゃんにさせていたし、翔太との会話もよく拝借させていただいていた。

まあ、もっとも過激な内容を求めていたのは、ニックネーム『すず』こと鈴音ちゃん本人だったのだが……。

鈴音ちゃんだって、少なくともあの日までは自分がハルカちゃんのモデルであるとはほんの少しも考えていなかったはずだ。

でも事実を知った今、きっと俺のことを軽蔑しているに違いないだろうな。

その状態で俺が連載を進めるというのはもはやセクハラだ。現にあの日以来『すず』からは音沙汰がない。

あの日から、鈴音ちゃんとは会っていなかった。

もちろん同じ高校に通っているのだから、ときには廊下ですれ違うこともあった。けど、鈴音ちゃんは俺と目が合うと羞恥に顔を真っ赤にして逃げるように立ち去ってしまうため、全く会話はしていない。

そりゃそうなるのも当然だ。きっと鈴音ちゃん自身、もっとも隠したかったであろう秘密を俺が知ってしまったのだから。おそらく翔太だってこの秘密は知らないはずだ。

延々と鈴音ちゃん自慢をする翔太をおいて、俺は悶々《もんもん》としながら歩いていた。

と、そこへ。

「お兄ちゃんっ」

そんな声が背後からした。その声を聞いた瞬間、俺はその声の主が誰なのかを理解して顔から血の気が引く。

振り返ると予想通り、そこには鈴音ちゃんの姿があった。

鈴音ちゃんは朝の重い頭を一瞬にして軽くするようなさわやかな笑顔でこっちへと歩み寄ってくると、鞄《かばん》から弁当箱を取り出した。

「お兄ちゃんってば、お弁当忘れてるよ……。せっかく早起きして作ったのに酷いよ……」

そう言って鈴音ちゃんは兄である翔太に弁当箱を差し出した。

もはや何万回と見た光景だ。

初めのうちは単純に翔太が忘れているのだと思っていたが、ここまで続くと鈴音ちゃんに弁当を作らせていることを見せびらかすために、わざとやっているのだと確信する。

ニヤつく翔太。

ほんと、こいつは表情を隠すのが下手だ。

翔太がわざとらしくニヤつきの隠せていない不愛想な表情で弁当を受け取るのを横目に、俺は鈴音ちゃんを見やった。

直後、鈴音ちゃんは俺の視線に気づいたようで一瞬、俺と目を合わせたがその直後、頬を赤らめて俺から視線を逸らす。

「せ、先輩……おはようございます……」

「お、おう……おはよう」

二人してぎこちなく挨拶を交わす。

やべえ気まずい……。

やっぱり、鈴音ちゃんは先日の件がまだ尾を引いているようだった。

俺と鈴音ちゃんはしばらく気まずい空気を共有しながら黙っていたが、翔太が「なにぼーっと突っ立ってんだよ。行くぞ？」と俺たちをおいて歩き出すので、鈴音ちゃんは「う、うん……」と答えて翔太の後ろをついていく。

俺もまたそんな鈴音ちゃんと一緒に歩き始めた。

先頭に翔太。そして、少し後ろに俺と鈴音ちゃんが並んで歩く。

俺が、横を歩く鈴音ちゃんが気になってチラチラと視線を向けていると、彼女もまた俺にチラチラと視線を送ってきているようで、不意に目が合いお互い恥ずかしくなって目を逸らすというのが何度か続いた。

が、特に会話が始まるわけでもなく、気まずい時間が続く。能天気に鼻歌を歌っている翔太とは対照的だ。

やっぱり怒っているのだろうか？　それとも軽蔑しているのだろうか？

俺には鈴音ちゃんの心中を推し量ることはできなかった。

ただ黙々と並んで歩いているだけ。

そのとき鈴音ちゃんがブレザーのポケットに手を入れた。

そんな鈴音ちゃんをさりげなく見ていると、彼女はポケットから二つ折りになった小さな紙を取り出す。

ん？

と、不思議に思い眺めていると、鈴音ちゃんはそっと紙を持った手を俺のほうへと伸ばしてくる。

え？

彼女はあろうことか、俺のブレザーのポケットにその紙をねじ込んだ。

その突然の行動に目を丸くしていると、鈴音ちゃんは小さく首を横に振って、視線だけを兄である翔太へと向けた。

どうやら、何も言うなということらしい。

少なくとも彼女は翔太にバレないように俺に何かを伝えたかったようだ。

「そういえば鈴音、今日の放課後は暇か？」

と、そこで不意に翔太が後ろを振り返って鈴音ちゃんを見やった。鈴音ちゃんは少し驚いたように「ええ？」と目を見開く。

「なんだよお前、寝ぼけてんのか？　今日の放課後は暇かって聞いたんだよ」

と、翔太が尋ねると彼女は「ご、ごめん……今日も深雪ちゃんと約束してるの……」と謝った。

翔太は一瞬むっとした表情を浮かべたが、相手が深雪だということもあり「それならしょうがねえな……」と一応は納得した。

放課後、俺は自宅から三駅も離れた月本駅というこぢんまりとした駅にいた。改札を抜けると小さな商店街があり、その中に小さな喫茶店を見つける。

「あそこか……」

店の名前は書かれてはいなかったが、駅に一番近い喫茶店はあそこで間違いなさそうだ。喫茶店へと足を進めた。

今朝ポケットにねじ込まれた紙の正体は鈴音ちゃんからの手紙だった。

『今日の放課後、お暇ですか？　もしもお時間があるなら、月本駅前の喫茶店でお話ししたいことがあります』

達筆ながらも少し丸みがあり、書いたのが女の子だとすぐにわかる文字だった。

文字だけで可愛いと思わせるとはさすがだ。

どうやら今朝、鈴音ちゃんが話していた深雪と遊ぶという話は翔太を欺くための嘘《うそ》だったようだ。わざわざ月本駅を指定したのも、人目につかないための配慮だろう。

きっと俺と二人で会うなんて翔太に言ったところで許してくれないはずだ。

俺はカップルでもないのに束縛される鈴音ちゃんを不憫《ふびん》に思いながらも、喫茶店のドアを開けた。

カランコロンと来店を知らせる鈴の音が響く。

店内を見渡すと、カウンター席とテーブル席が並んでおり、昔ながらの喫茶店のテンプレのような光景が広がっていた。

店内奥のテーブル席に見知った顔を見つける。鈴音ちゃんだ。彼女は俺に気がつくと、相変わらず少し恥ずかしそうに頰を染めて会釈した。

いったい話って何だろう……。

正直なところ俺には彼女が自分を呼びだした理由が全くわからず、さっきから冷や汗が止まらない。

「ごめんね。待たせた？」

と、彼女に尋ねて椅子に座ると、彼女は首を横に振った。

「いえ、私もさっき到着したところなので」

そう言ってわずかに微笑む鈴音ちゃん。

と、そこへこの店のマスターらしき初老の男性がお冷を持って現れたので、ホットコーヒーを注文することにした。

「翔太に内緒で俺なんかと会って、怒られないの？」

うちの高校に通う生徒には月本に住む人間もいる。まあ、だとしても誰もこんな小さな喫茶店には入ってこないだろうが、少し心配だ。

鈴音ちゃんは「えへへ……」と苦笑いを浮かべる。

「お兄ちゃんが知ったらきっと不機嫌になると思います。なにせ、お兄ちゃんの誘いを断って先輩と会っているのですから……」

「ま、まあ、そうだよね……」

露骨に不機嫌になる翔太の姿が容易に想像できた。

マスターがお盆に餡蜜《あんみつ》を乗せてやってくる。おそらく鈴音ちゃんが注文したものだろう。

テーブルに餡蜜が置かれると鈴音ちゃんは「わぁ〜」と、頬を緩めた。

「美味そうだな」

「実は私、幼い頃この街に住んでいたんです。母親が時折、私をここに連れてきてくれて、この餡蜜を食べさせてくれたんです。それ以来この餡蜜が大好きで、今でも時々食べに来るんですよ」

そう言うと鈴音ちゃんはスプーンで餡と白玉を救い上げて口へと運ぶ。

そんな光景を眺めながら、自分も同じものを注文すればよかったと、少し後悔した。

そんな俺の気持ちが表情に出ていたのだろうか、鈴音ちゃんは不意にこちらを見やるとクスクスと笑った。

「先輩も一口、どうですか？」

「え？　でも、それだと鈴音ちゃんの分が減っちゃうし……」

「羨ましそうに見つめられると、少し食べづらいです。それに先輩にもここの餡蜜の美味《おい》しさを知ってほしいので」

「それなら一口だけ貰おうかな……」

俺がそう答えると、鈴音ちゃんは再びスプーンで餡と白玉をすくい、それを俺の口の前へと差し出した。

え？　もしかしてあ〜んしてくれる感じなのか？

その童貞男子には少し刺激の強すぎる鈴音ちゃんの行動に動揺していると、彼女はそんな俺がおかしかったのかまたクスクスと笑った。

だが、スプーンを引っ込めようとはしない。

どうやらやるしかない。

わずかに背徳感を抱きながらも、意を決してスプーンを口に入れた。

うむ、美味い……。

口の中に広がる餡の甘さと、白玉のつるつるした触感が少し気温の高い今日にはちょうどいい。

と、感想を述べたい俺だったが、鈴音ちゃんはなかなか俺の口からスプーンを抜いてくれない。

鈴音ちゃんは相変わらずクスクスと笑いながら、指先でスプーンの柄を転がすと、俺の口の中でスプーンがくるりと一回転した。

どうやら鈴音ちゃんのささやかな悪戯《いたずら》のようだ。現に彼女は少し困った表情の俺を見て楽しんでいるようだった。

彼女の動かすスプーンの先が舌や奥歯に当たって、なんだか直接、鈴音ちゃんに指を入れられているような妙な錯覚に陥る。

そんなことを数秒間続けたところで、彼女はスプーンを引き抜いた。

からかわれた俺がそんな鈴音ちゃんを軽く睨むと、彼女はわずかに笑みを浮かべながらも「ごめんなさい……」と謝る。

なんというか、彼女にそんな悪戯心があることに、俺は少し驚いていた。

少なくとも翔太や深雪と一緒にいる鈴音ちゃんはどこまでもお淑《しと》やかで、ふざけたりなんて決してしないような女の子のイメージだ。

いや、今も十分お淑やかなのだが、ほんの少しだけ今日の鈴音ちゃんは、いつもよりも着飾っていない、素に近い状態なのだと理解できた。

それはそうと……。

鈴音ちゃんの引き抜いたスプーンには俺の唾液がわずかに付着している。

鈴音ちゃんが俺の口の中でコロコロ転がしたのだから当然だ。

やだ……恥ずかしい……。

が、鈴音ちゃんはとくに俺の唾液を気持ち悪がる様子もなく、餡蜜をすくって口へと運ぶ。

そんな鈴音ちゃんの姿にわずかに動揺していると、彼女は首を傾げた。

「どうかしましたか?」

「いや、なんでもない……」

俺がそう答えて一度、会話は途絶えた。一分ほど会話はなくなり、その間にマスターの運んできたコーヒーにミルクを落とす。

「正直なところ、穴があったら入りたいぐらいに恥ずかしかったです……」

不意に鈴音ちゃんが口を開いた。

「え?」

「先輩の小説のことです……」

「あ、あぁ……」

と、そこで俺は彼女の言葉を理解する。

そりゃそうだ。恥ずかしいに決まっている。官能小説を読んでいることがバレたのもそうだが、自分をモデルにした小説が全世界に公開されているのだから。

もっとも読者の数はそこまで多くないけど……。

「ごめん……。なんて言葉で許してもらえるとは思ってないけど……ごめん」

だから、素直に謝ることにした。謝ったうえで、このことは俺の心の中にしまって、いっそ小説は削除してしまうつもりだった。

けど、俺の謝罪に鈴音ちゃんは首を傾げる。

「どうして謝るのですか？」

「いや、だってそれは……」

そんなこと説明するまでもないと思っていた。

けど……。

「私は別に怒っていませんよ。私はただ、先輩に秘密がバレてしまったことが恥ずかしかっただけです……。先輩に軽蔑されることも怖かったですし……」

「け、軽蔑なんかしないよっ」

「でも私は、みんなが思っているような、お淑やかな女の子ではありませんよ？」

「だからって鈴音ちゃんのことを軽蔑なんてしないよ。むしろ俺はこんなにも自分の作品を読んでくれた読者に感謝したいぐらいだ」

「…………」

一度会話が途切れた。数秒間の沈黙ののち鈴音ちゃんがまた口を開く。

「本当の私のこと知ってくれませんか？」

「はい？」

不意に口にした鈴音ちゃんの言葉が理解できなかった。が、彼女の表情はいたって真剣だ。

「本当の私のこと、先輩には知っていてほしいんです。お兄ちゃんも深雪ちゃんも知らない私のこと、先輩に全部話してもいいですか？」

「鈴音ちゃんのこと？　いいの？　俺なんかに話しても」

「はい、先輩にしか話せません。だって私の心のカギを開いてくれたのは先生の小説なんですから」

「…………」

そう言って鈴音ちゃんは話し始めた。

「わ、私はお兄ちゃんや深雪ちゃんが思っているような、清楚《せいそ》な女の子じゃありません……」

きっと彼女なりに勇気を振り絞って発した言葉なのだろう。鈴音ちゃんの声はわずかに震えていた。

そして、感情が籠もっているのだろう。彼女の声は無意識のうちにボリュームが上がっている。

「私はみんなが思っているような女の子じゃないです。私は……私はみんなが思っているよりも、もっといやらしい女なんですっ」

一世一代の大告白。

彼女はそのことを俺だけに伝えるつもりだったのだろう。だけど、無意識のうちに彼女の声は叫び声になっていた。

特にいやらしい女という言葉は店内中に響きわたり、直後店内はしんと静まり返った。なにごとかと周りの常連らしき老人たちが一斉に鈴音ちゃんへと顔を向ける。

これにはさすがの鈴音ちゃんも声の大きさに気づいたようで、今まで見たことのないほどに顔を真っ赤にして、俯《うつむ》いてしまった。

「す、鈴音ちゃん、少し落ち着こうか」

そう言うと彼女は小さく頷いた。

彼女は一度深呼吸をするとテーブルに身を乗り出すように俺に顔を近づけて、俺をじっと見つめた。

そのせいで俺と鈴音ちゃんの顔が接近する。

あー近い近い。

どうやら周りに声が聞こえないようひそひそ話がしたいようだ。

なんだこの可愛い顔は……。

鈴音ちゃんの顔は間近で見ても、どうしようもないくらいに可愛かった。シンメトリーというのだろうか、左右に並んだ全く同じ形の二重《ふたえ》瞼《まぶた》、そしてツンと少しとがった鼻、そして艶やかな肌。

何をとっても鈴音ちゃんの顔には粗《あら》というものがない。そんな彼女が恥ずかしそうに頬を朱色に染めているのだ。

どうにかなってしまいそうだ……。

あと、なんの意味もなく翔太の顔面をぶん殴りたくなった。

「と、とにかくその……私はみんなが思っているよりも……いやらしい女なんです……」

と、吐息のようにそんな大胆なことを囁《ささや》くものだから、俺は思わず身震いしそうになる。

事実は小説より奇なりなんていうが、少なくとも今の彼女は俺の小説の彼女よりも、数段艶《なま》めかしかった。

でもそんな彼女の言葉に興奮している場合ではない。彼女はいたって真剣にこのことを話している。ならば、俺もまた真剣に答えてやらなければならない。

「そ、そもそもだけど……どうして鈴音ちゃんは官能小説なんて読むようになったんだ？」

それが俺にとって一番の不思議だった。

こんなことを言うのもなんだが、俺の作品は主に男性向けのライトノベルのアダルト版という表現が一番しっくりくる。

それなのに、それとは無縁に思える鈴音ちゃんが読んでいたのが不思議で仕方がない。

「そ、それはその……」

と、そこで一度治まりかけていた鈴音ちゃんの頬の紅潮がぶり返す。

「い、いや無理に答えなくてもいいよ。俺としては話したいことだけ話して、少し楽になってくれればそれで十分なんだし」

だが、鈴音ちゃんは首を横に振る。

「いえ、今日は先輩に裸を晒《さら》すような気持ちでここに来ましたし、聞いてください」

あー、すっごいこと言うのねこの子……。

わかってる。わかってるよ。今のは比喩表現だってことぐらい。

けどさ……そんなことをこんな息のかかりそうな距離で言われるんだぜ？

「わ、私が先輩の小説を読むようになったのはその……お兄ちゃんの影響です……」

「はあ？」

その予想外の言葉に思わず俺は目を見開く。

「半年ほど前にソファで眠ってるお兄ちゃんを起こそうと思ったら、たまたまお兄ちゃんのスマホに目がいって、そこに先輩のその……えっちな小説が表示されていて……」

「ま、マジか……」

ふざけんなよっ!!

ちょっと待て、衝撃がデカすぎる。

え？　あいつ俺の小説読んでるの？

いやいや引くわ……作者が俺であることを棚において悪いけど引くわ……。

つまり、俺は翔太たち兄妹に隠れて、こっそり彼らをモデルにした官能小説を書いていたつもりだったが、結果的には二人とも俺の読者だったということだ。

「最初、お兄ちゃんがそんな小説を読んでいる事実を受け止められませんでした。もちろん物語として楽しんでいるだけだってことはわかっています。ですが、やっぱりショックで、しばらくお兄ちゃんが怖くなったのは事実です……」

本当に翔太は物語として割り切っているのだろうか？　その辺は甚だ怪しいが、変に話の腰を折るのも良くないので、黙っておくことにする。

「初めはなんでお兄ちゃんがそんな小説を読むのか理解できませんでした。ですが、その日から小説のことが頭から離れなくなってしまって、ある日、ベッドで横になっていたときに、出来心でその小説のタイトルを検索してしまって、気がつくと……」

鈴音ちゃんは一度深呼吸をした。気がつくと彼女はテーブルに置いた手をギュッと力強く握りしめている。

「き、気がつくと私も夢中になってしまっていて……朝になってました……」

この事実を喜ぶべきなのか悲しむべきなのか……。

時間を忘れて夢中に読んでくれていたという喜びと、親友の妹の性癖を捻《ね》じ曲《ま》げてしまったかもしれないという悲しみの感情が胸の中で渦巻いている。

「かける言葉が、すまん以外に見つからん……」

「先輩が謝る必要はありません。むしろ、私の本当の気持ちを引き出してくれて感謝したいぐらいです」

「ちょっと待て、ってことは鈴音ちゃんまさか……」

一瞬嫌な予感がしたが、それを否定するように鈴音ちゃんが激しく首を横に振った。

「お、お兄ちゃんはあくまでお兄ちゃんです。大好きですが恋愛感情はありません」

「な、なんだ……よかった……」

「ですが、先輩の小説がきっかけで、私は自分が無意識のうちに感情を押さえつけていたことに気がついたんです。先輩の小説はとても刺激的です。先輩の小説を読んでいる間だけは、押さえつけていた感情を目いっぱい解放することができるんです」

「感謝の気持ちは嬉しいんだけど、俺は本当に喜んでもいいのか？」

「少なくとも私は感謝しています。先輩の描くハルカちゃんは私にそっくりです。私だって本当はハルカちゃんみたいな刺激的なことがしてみたい。だけど、それはできないので、彼女に身代わりになってもらっているんです」

と、そこまで話して鈴音ちゃんの表情が少し曇った。

「で、ですがこの気持ちは死ぬまで胸の中にしまっておくつもりでした。こんな気持ちが誰かにバレたら恥ずかしくて生きていけないです……」

「それなのに俺にバレてしまったってことか……」

コクリと頷く。

「完全に私の落ち度です。前日の夜に読んでそのまま寝落ちしてしまったせいで、小説の画面が開いたまま家を出てしまいました……」

なるほど、ことの顚末《てんまつ》が全てわかった。鈴音ちゃんは相当な覚悟で話してくれたのだろう。本当ならばこんなこと怖くて異性に話すことなんてできないはずだ。

「先輩はこんな私に幻滅しましたか？」

鈴音ちゃんは恐る恐るそんなことを俺に尋ねた。

もしかしたら不謹慎なのかもしれないけど、こんなにも俺の小説で感情をかき乱してくれる目の前の少女に感謝してもしきれない。

本人は自分の感情を不純なものだと思っているかもしれないけど、きっと彼女の心はどこまでも純粋だ。

「鈴音ちゃんはどこまでも淑女で清楚な女の子だと思ってたよ」

そこまで言って、鈴音ちゃんは驚いたように大きく目を見開く。きっと俺が幻滅していると思ったのだろう。

だけど、話は最後まで聞いてほしい。

「だけど……だけど、きっと俺の想像は正しかったんだと思う」

「た、正しいですか？　私はこんなにも――」

「たぶん、鈴音ちゃんの感情は普通なんだと思う。俺だってそうだ。思春期の男女ってのはそういう生き物なんだよ。それをこんなにも真剣に悩む鈴音ちゃんはどこまでも純粋で無垢な女の子なんだと思う」

だが翔太。お前だけは許さん。

その言葉に、鈴音ちゃんは言葉も返せずにじっと俺を見つめていた。

きっと俺たちが見つめ合っていたのは数秒間のはずだ。

だけどその時間は無限のように長く感じた。そして、不意に鈴音ちゃんはクスッと耐えきれなくなったように笑みをこぼした。

「鈴音ちゃん？」

「ごめんなさい。ですが、やっぱり先輩に全てを打ち明けて良かったと思います。もっと素直になってもいいんですね。それがわかっただけでも気持ちが楽になりました」

正直なところ、そこまで的確なアドバイスのようなものができたとは思っていない。けど、鈴音ちゃんの笑顔は自然だった。そしてどこまでも穢《けが》れのない無垢な笑顔。

「私は臆病なので、この感情をお兄ちゃんや深雪ちゃんに打ち明ける勇気はありません。ですが、先輩にだけはもう隠しません。先輩の前ではそういう女の子だってことを隠しません」

晴れやかな顔でそう言ってのける鈴音ちゃん。

ん？　ちょっと待て。彼女はさらっと、とんでもないことを言ってないか……。

「で、ですから先輩も……」

が、そこで不意に鈴音ちゃんはまた頬を赤らめる。本当に信号機のようにころころ顔色が変わる女の子だ。

「せ、先輩もその……私のことはお気になさらず執筆を続けてください」

と、そこで話題は俺の話になる。

「先輩は私に気を遣って連載を止めておられるんですよね？」

「え？　ま、まあ……さすがに鈴音ちゃんの気分を害してまで書くものじゃないしな……」

「私は先輩の小説が大好きです。これからも、もっともっと先輩の小説が読みたいです」

「でもいいのか？　ヒロインのモデルは鈴音ちゃんなんだぜ？」

「大丈夫です。私なんかでよければいくらでも使ってください。私なら小説の中でもっと汚していただいても結構です」

もっとっ⁉

俺の中ではすでにアクセル全開で汚してるつもりなんだけど……。

「お、おう……ありがとな……」

そんなまっすぐな目でそんなことを言われても、なんて返せばいいかわからねえ……。

彼女のそのまっすぐな目を見て俺は思った。
もしかしたら、俺はとんでもない事態に足を踏み入れていないか？
翔太よ。お前の妹、控えめに言ってド変態だぞ。
きっと純真無垢なド変態だ……。

第二章　鈴音ちゃんは変態の天才

「おにいっ!!　たまには一緒に学校行こうよっ!!」

鈴音《すずね》ちゃんの一世一代の大告白を聞いた次の日、俺がいつものように身支度を整えて学校へと向かおうとしていたところに、深雪《みゆき》が声を掛けてきた。

玄関で靴を履いていた俺が振り返ると、そこにはセーラー服を着た深雪の姿があった。

「おにい聞いてんの？　一緒に学校行こうよって言ってんだけど」

「は？　寝ぼけてんのか？」

「お目目ぱっちりだよ。この可愛《かわい》い深雪ちゃんが、おにいと一緒に学校に行こうって言ってるのが聞こえなかった？」

と、小首を傾《かし》げる深雪。そんな妹を俺は冷めた目で見つめる。

「なんで、俺とお前が一緒に学校に行かなきゃならん。だいたい学校だって別々だろ」

「学校の最寄り駅は一緒なんだし、いいじゃん。ね、おにいっ」

そう言って深雪は馴《な》れ馴《な》れしく、後ろから俺に抱きついてくる。

おいおいどうした深雪ちゃん。頭でも打ったか？

おにいの服と一緒に自分の下着を洗うなって母親に言っていた深雪ちゃんが、どうして俺なんかと一緒に登校したいんだ？

正直なところ深雪の行動が胡散臭《うさんくさ》く、できれば別々に登校したい。

「いや、俺はやっぱり——」

「一緒についていて来いって言葉が聞こえなかったのか？　殺すぞ」

「…………………はい、一緒に登校させていただきます」

こっわ……。

どうやら俺に拒否権なんてものは最初からなかったようだ。

いつもの深雪ちゃんじゃない低いトーンの声で脅された俺は、やむなく一緒に登校することになった。

深雪が靴を履くのを待って、玄関のドアを開けた俺だったが、一軒家の門の前に立つ少女を見た瞬間、妹がしつこく俺を誘った理由を理解した。

「先輩、おはようございます……」

鈴音ちゃんは俺の姿を見つけると、にっこりと清涼感抜群の笑みを浮かべて馬鹿丁寧に俺にお辞儀をする。

なるほど……。

深雪に完全に嵌《は》められたらしい。何食わぬ顔で鈴音ちゃんに手を振る深雪を睨《にら》んでやったが、彼女はしてやったりと言わんばかりにニヤリと意地悪な笑みを浮かべる。

「鈴音ちゃん、お、おはよう……」

とはいえ、こうなってしまった以上、後戻りすることもできず、妹への怒りを隠しながらぎこちない笑顔で挨拶を返した。

それにしても可愛い。

今日の彼女もひだまりのように眩《まぶ》しく、それでいて清潔感に満《み》ち溢《あふ》れている。嘘《うそ》みたいだろ？　この子、俺の書いてる妹寝取られモノの官能小説を読んでるんだぜ？

門を出ると深雪は両手を合わせて「ごめんね、もしかして待たせた？」と謝ると、鈴音ちゃんは「ううん、私も今着いたばかりだよ」と首を横に振った。

彼女は一度不思議そうに俺の顔を見やると再び深雪に顔を向ける。

「今日は先輩と一緒に登校なんだね」

どうやら鈴音ちゃんは俺も一緒にいることを聞いていなかったようだ。少し不思議そうに首を傾げた。すると、深雪はまるで汚物でも見るような目で俺を見上げる。

「はぁ……なんか、朝からおにいが一緒に登校しようってしつこいんだよね……。ほんと、シスコンってキモいよね……」

「おうおう、色々と話が違いますなあっ!!　深雪ちゃんよぉっ!!　寝ぼけてるなら引《ひ》っ叩《ぱた》

た。

「だからね、今日はしぶしぶおにぃと一緒なの……」

そんな俺と深雪の会話を見て、鈴音ちゃんは何が面白かったのかクスリと笑みをこぼした。

「深雪ちゃんたちって本当に仲良しなんだね。なんだか羨ましいな……」

なぜか羨むような目で俺と深雪を交互に見やる鈴音ちゃん。俺と深雪は顔を見合わせた。

「でも鈴音ちゃんと翔太《しょうた》くんだって仲良しでしょ？」

二人が同時に抱いた疑問を代表して深雪が尋ねる。

そんな深雪の問いに鈴音ちゃんは「うん、とっても仲良しだし、私、お兄ちゃんのこと大好きだよ……」と少し歯切れが悪そうに答えた。

「でも私は、深雪ちゃんや先輩みたいに冗談が言いあえるような関係が楽しそうだなって」

そんな鈴音ちゃんの言葉に俺は少し考える。

確かに、鈴音ちゃんと翔太の関係は俺と深雪の関係とは少し違う。

仲がいいのは間違いないのだろうし、鈴音ちゃんも翔太のことが大好きなのはわかるけど、なんだか『仲が良い』の種類が俺たちとは違うのだ。

「じゃあ、行くか」

そう言って三人で歩き始める。

いてやろうか？」

翔太には先に行ってろって連絡しておくか。

それから俺たち三人は他愛《たわい》もない話をして学校へと向かった。

が、五分ほど歩いたところで不意に深雪が足を止める。

「しまったっ!!」

「んだよ。どうかしたのか？」

「昨日の課題を机に置いたままだ」

と、言うや否やなぜか俺をじっと見つめた。

「あはは っ!!　わ、私、家に取りに帰るから……二人はその……先に行っててていいよ」

そう言うと逃げるように深雪は回れ右をして自宅へと走っていった。そんな深雪の背中を眺めながら俺は頭を抱えたくなる。

おいおい深雪ちゃんよぉ……さすがに演技が下手すぎるんじゃねえか……。

どうやら、もともとこうするつもりだったようだ。

自称俺と鈴音ちゃんのキューピッド深雪は俺と鈴音ちゃんを二人きりで登校させたかったらしい。

「どうしましょうか？」

と、突然の出来事に少し困った様子の鈴音ちゃん。

可愛い妹のために、あいつが帰ってくるまで、ここで突っ立ってやろうかと思ったが、そんなことをしたら後でぶん殴られそうな気もする。

「まあ深雪も先に行けって言ってたし、俺たちだけで行くか」

そう言うと、鈴音ちゃんはわずかに頬《ほお》を染めて「そ、そうですね……」と答えた。

学校へと歩き出す俺たち。が、昨日の件もあり、なんとも気まずい……。

そんなこんなで歩き始めて数分はお互いに言葉を発することもなく、黙々と歩くことになったのだが……。

「昨日のことですが……」

ふいに鈴音ちゃんが沈黙を破る。

いきなり昨日のことを話題に上げる鈴音ちゃんに、俺は頬が熱くなるのを感じた。鈴音ちゃんもまた俺を見て顔を赤くする。

住宅街のど真ん中に赤信号が二つ並び、ちょっとした交差点ができた。

「昨日は私の話を真剣に聞いていただき、ありがとうございました」

「ああ、気にしなくてもいいさ。鈴音ちゃんは翔太の妹だし、親友の妹の悩みだったらいつでも聞くよ」

まあ、親友というのも最近は有名無実化してますけどねっ!!

と、そこで鈴音ちゃんは学生鞄のファスナーを開いて中をまさぐりはじめる。

鞄から手を出すと、そこには何やら小さなラッピング袋が握られていた。袋には小さな猫のイラストが描かれている。

「先輩、こんなものでお礼ができるとは思っていませんが、よければ食べてください」

そう言って彼女は俺に袋を差し出した。

「これは？」

「クッキーです……。と言っても深雪ちゃんみたいに上手《うま》くはできませんでしたが……」

「貰《もら》ってもいいのか？」

「はい、それに先輩にはいつも小説でお世話になっていますし……」

どうでもいいけど、そのお世話になってるって表現は語弊があるから、あまり良くない気がするなぁ……。

「受け取っていただけますか？」

鈴音ちゃんは俺が拒否するとでも思っているのだろうか、少し不安な、そして怖がっているような表情だった。

「じゃあ、お言葉に甘えていただくよ。ありがとう、鈴音ちゃん」

彼女の頬がわずかに綻ぶ。

可愛い……。

俺の官能小説を読んでいるという事実にさえ目を瞑《つぶ》れば、写真を撮ってスマホの壁紙にしたいぐらい可愛い笑顔だわ。

「ところで先輩、小説のことなんですが……」

そして、すぐに現実に引き戻される。

どうやら官能小説を読んでいる事実に目を瞑るという前提がそもそも無理ゲーらしい。

彼女は乙女のように胸の前で両手を組んで、キラキラした瞳で俺を見上げた。

その輝く瞳には一点の曇りもない。

「先輩は『親友の妹をＮＴＲ』を将来的に書籍化させるつもりはあるんですか？」

「鈴音ちゃん、作品名は省略しても大丈夫だから」

できれば鈴音ちゃんの口からそんな言葉は聞きとうない。

そして、鈴音ちゃんもまた自分のハレンチな発言を自覚したようで、「はわわっ……」

と頬を真っ赤に染める。

「ご、ごめんなさいっ。ですがその……先輩がプロの小説家さんになるつもりがあるのか知りたくて……」

「プロの小説家か……」

正直なところあまり意識したことがなかった。

もちろんこれまでも人並みには小説に対して真摯に向き合ってきたつもりだ。だが、それはあくまでＷＥＢ小説家としての話だ。

そもそもこれまでランキングにまともに載ったこともないし、そんなオファーが来るとも夢にも思っていなかっただけに、そこから先のことはあまり考えたことがなかった。

「先輩の小説はすごくえっちで面白いです。他の官能小説と比べても、圧倒的にクオリティが高いと私は思います」

さらっと他の官能小説にも手を出していることをカミングアウトしつつ、俺の小説を絶賛してくれる鈴音ちゃん。

「私、先輩の小説をもっと多くの人に読んでもらいたいです。ホントは深雪ちゃんにだって薦めたいですし、もっと多くの人たちにも先輩の実力を知ってもらいたいです」

なんすかその公開処刑は……。

深雪が俺の小説を読むとかどんな地獄ですか？

が、まあ鈴音ちゃんがそこまで俺の小説を好きでいてくれることは、友人としてはともかく、小説家としては嬉《うれ》しい。

そんな彼女に「ありがとう。そう言ってくれて嬉しいよ」とお礼を言うと、彼女はなぜかわずかに表情を曇らせて俺から視線を逸《そ》らした。

「でも先輩は、まだ本気を出していないですよね？」

「え？　いや、あれが俺の実力だと思うけど……」

さすがにそれは鈴音ちゃんの買いかぶりである。だが、そんな俺の言葉が認められないのか彼女は首を横に振る。

「そんなことないです。先輩はまだ少し小説に対する遠慮を感じます……」

「いや、別に遠慮なんて……」

そこまで言ったところで鈴音ちゃんが俺の手を摑《つか》んだ。

え？　鈴音ちゃんの手、あったかくて柔らかい……。

などと一人感動していると、彼女は「先輩、ちょっとこっちに」と俺の手を引いて近くの木の陰へと引っ張っていく。

「鈴音ちゃん？」

「私、先輩が自分で思っている以上に、もっともっと変態さんだって知っています」

俺は褒められているのだろうか？　けなされているのだろうか？

彼女は人目を確認してからその場にしゃがみ込むと、摑んだ手をぐいぐいと下にひっぱり俺もしゃがませる。

そして、彼女は鞄のファスナーを再び開くと中から何かを取り出した。

「先輩、これを見てください」

そう言って彼女が俺の前に掲げたのは銀色のスプーンだった。

彼女は俺へと顔を接近させると、「昨日の餡蜜《あんみつ》美味《おい》しかったですね？　実はあの喫茶店で使われていたスプーンと同じものが家にあったんです」と頬を染めながらわずかに口角を上げる。

「先輩、昨日私が餡蜜を食べさせてあげたとき、すごく嬉しそうな顔をしていましたね……」

「っ……」

「そして、お口の中でスプーンを回したときはもっと嬉しそうな顔をしていました……」

「いや、それは……」

「べ、別にいいんですよ……。もっと素直になっても、私は先輩のこと軽蔑したりしないですから」

「………」

どうやら例の喫茶店で俺に餡蜜を食べさせていたとき、彼女は俺の性癖を確認していたらしい。

「普通、口の中でスプーンなんて回されたら不快に思いますよね？　それなのにどうして先輩はあのとき、あんなに嬉しそうな顔をしたんですか？」

そう言って彼女は接近させた顔をさらに接近させて、俺の瞳の奥をじっと見つめる。彼女はスプーンで俺の下唇をわずかに撫《な》で始めた。

あーこれやばいわ……。

下唇に感じるくすぐったさと、スプーンの冷たさに思わず身震いした。そんな俺の瞳を見て彼女はくすっと笑う。

「やっぱり嬉しそうな目をしますね？　年下の女の子にこんな風にされて怒らないんですか？」

「鈴音ちゃん、どうしたの？」

「先輩、お口をあ～んしてください」

完全に彼女に弄《もてあそ》ばれている。彼女のそんな挑発的な言葉にそのことをはっきりと自覚した。

年下の女の子にこんなふうに弄ばれて俺は腹が立たないのだろうか？

完全になめられているぞ竜太郎《りゅうたろう》。さすがにここまでされて、黙って口を開けるのは先輩としての威厳がなくなってしまう。

竜太郎よ。彼女の言うことを聞いてはダメだ。

ここはスプーンを掴んで『先輩をからかっちゃいけないよ』と注意してあげるのが先輩としての役割だ。

彼女からの誘惑に負けそうになった俺だったが、すんでのところで思いとどまり心を鬼にした。

「あ～ん」

結局、俺は鈴音ちゃんに言われるままにお口を開く。

すると、するするとスプーンの先端が俺の口内に入ってきた。

スプーンを咥《くわ》える俺を鈴音ちゃんはクスクスと笑うと「お利口さんですね。えらいえらい」と褒めてくれる。

悪くない感覚。

俺の先輩としての威厳はこの瞬間、きれいさっぱりなくなった。

「先輩はもっと自分の欲を小説に盛りこんでもいいと思います。そうすればもっと多くの読者さんが先輩の小説を読むようになると思います」

俺をイジメるようにお口の中をスプーンでかき混ぜる鈴音ちゃん。

「そうすればランキングだって上がると思いますし、ランキングが上がればプロになることだって不可能ではないと思います」

返事をしたいが、スプーンを口に突っ込まれているせいで返事ができないのでコクリと頷《うなず》いておく。

「私、先輩の力になりたいです。先輩がプロの小説家になれるように、ホントの先輩をもっともっと引き出してあげたいです」

鈴音ちゃんの回すスプーンが奥歯や舌に触れて口の中を刺激する。

恥ずかしさといやらしさで胸のドキドキが止まらない。

どうやら鈴音ちゃんは、昨日喫茶店で俺に話を聞いてもらって、本気で着飾ることを止めてしまったようだ。

「先輩ってば、赤ちゃんみたいで可愛い」

そう言って彼女はスプーンで俺の舌の側面をなでなでして俺をなぶってきた。

一分ほど俺の口の中を弄んだところで、鈴音ちゃんは俺の口からスプーンを引き抜く。

彼女はスプーンを眺めると「先輩の唾液……いっぱい付いちゃいましたね」と、その言葉通り唾液の付着したスプーンを見せびらかせてきた。

「は、恥ずかしいですか？」

「は、恥ずかしいです……」

「後輩のスプーンにこんなにいっぱい唾液をつけるなんて、ひどい先輩ですね……」

あーなんだろう……すごくいい……。

「ご、ごめん……鈴音ちゃん」

俺が悪いわけではないのに思わず謝ってしまう。

そんな俺に鈴音ちゃんは首を傾げた。

「なにに謝っているんですか？」

「いや、なにって……」

そんなもん一つしかないだろ……。

だけど、目の前の少女には俺がなぜ謝っているのかわからないようだ。鈴音ちゃんはしばらく頰に人差し指を当てたまま考えてからわずかに口角を上げた。

「せ、先輩の口から聞きたいです……」

「なっ……」

おいおい嘘だろ。俺の口をスプーンでさんざん弄んでおいて、この子はまだ足りないと言うのか？

「どうして謝ったのか、先輩の言葉でちゃんと説明してほしいです」

どうやら彼女は俺にさらなる羞恥心を植え付けて、徹底的に俺の心を折りたいらしい。

「先輩……どうして謝るんですか？」

ダメだ。鈴音ちゃん、強すぎる……。

「そ、その……鈴音ちゃんの大切なスプーンを……」

あー恥ずかしくて死にたい……。

「私の大切なスプーンがどうしたんですか？」

「す、鈴音ちゃんの大切なスプーンを……」

そこまで言って一度深呼吸をする。鈴音ちゃんはそんな俺をじっと見つめて、俺が謝るのを待っていてくれた。

もうやるしかない。羞恥心を捨ててやるしかない。

「す、鈴音ちゃんの大切なスプーンを俺の唾液まみれにしてごめんなさいっ!!」

あー死にたい。死にたい死にたい死にたい死にたい。

その場でのたうち回りたいぐらい恥ずかしい。

瞳に滲《にじ》む涙を流さないように必死で耐えていると、鈴音ちゃんはにっこりと微笑《ほほえ》んだ。

「先輩、すなおに謝れてお利口さんですね。えらいえらい」

と俺のことを褒めてくれる。

「ですが謝る必要はありませんよ。先輩の可愛いお口にスプーンを入れたのは私なので」

そう言って鈴音ちゃんはスプーンをハンカチで巻くと鞄に入れた。そして、真剣な目で俺を見つめる。

「先輩、私と一緒にプロの小説家を目指しませんか？　私、先輩の一番の読者として、先輩の小説がもっともっと多くの変態さんに読まれる姿が見たいです」

「でも、俺なんかじゃ……」

「そんなことないです。先輩の才能は私が保証します」

そう答えると彼女は可愛く握りこぶしを作って俺を励ましてくれた。


放課後、俺は校門の前に立っていた。

実は今朝、鈴音ちゃんから『放課後は校門の前でお利口さんにしていてくださいね』と言われたのだ。

どうやら創作に役立つ場所へと連れていってくれるらしい。

具体的にどこに行くのかは教えてくれなかったが、行けばわかるということなので、とりあえず校門の前でお利口さんにしていたのだが、鈴音ちゃんの姿はない。

授業が遅れているのかな？

なんて考えながら校門前に立ってあたりを見渡していたのだが……。

なんじゃありゃ……。

俺は奇妙なものを見た。

俺の視線の先には『創立十周年記念樹』と書かれた大きな桜の木。そして、そこからひょっこりと顔を出す女の子。

よく見ると鈴音ちゃんだ。鈴音ちゃんは体を木に隠したまま俺を手招きしている。

こっちに来いということらしい。

とにもかくにも呼ばれたので行かないわけにはいかない。首を傾げながらも記念樹へと歩み寄る。

「驚かせてごめんなさい……」

鈴音ちゃんはやってきた俺に向かって丁寧に頭を下げた。

「いや、別に構わないけど……なんでそんなところにいるの？」

そう尋ねると鈴音ちゃんは「えへへ……」と苦笑いを浮かべた。

「学校の中には兄の知り合いもいますし、なんというかその……こういうことを自分で言うのは恥ずかしいのですが、私は結構人目につきやすいので……」

そう言って頬を染める。

なるほど、ここ数日でド変態のイメージが先行しすぎて忘れていたが、鈴音ちゃんは圧倒的な学園のアイドルだった。

どうやら流石《さすが》の鈴音ちゃんも自分がそれなりに目立つ存在であることは自覚しているらしい。

「確かにな……。でもそれなら、わざわざ学校内で待ち合わせなんてしなくても……」

目立つのが嫌なら、わざわざこんなところを待ち合わせ場所にする必要はない。駅前……は流石に目立つけど、昨日みたいに喫茶店とかなら多少は人目が避けられるはずだ。

「そうなんですけど、今日はここで待ち合わせないといけないんです」

「どういうこと？」

「先輩を連れていきたい場所は学校の中にあります」

鈴音ちゃんは嬉しそうに微笑んだ。

どうやら、これから怪しげな学校探索が始まるらしい……。

創作活動に役立つ場所……。

その言葉に甚だ怪しさを感じていた俺だったが、鈴音ちゃんに連れられてやってきたのは、意外にも怪しさの欠片《かけら》もない健全の極致のような場所だった。

「ここって……」

「図書室です。実は私、図書委員をやっているのですが、ここが最近の私のお気に入りの場所です。ここなら先輩の創作活動の役に立つと思います」

「まあ確かに役立つと言えば役立つけど……」

「ごめんなさい。期待外れでした？　保健室とかのほうがよかったですか？」

「いや、むしろ安心しているぐらいだよ……」

鈴音ちゃんのことだから、本気で保健室にでも連れていかれるのかとハラハラしていたが、図書室というチョイスに正直なところ安心した。

灯台下暗しというかなんというか、確かにここにノートパソコンでも持ち込めば、静かに執筆もできるし、官能小説に役立つかどうかはともかく資料集めはできそうだ。

「ごめん、鈴音ちゃんのことを誤解してたよ」

「誤解……ですか？」

鈴音ちゃんはきょとんとした顔で俺を見上げる。

「ああ、鈴音ちゃんが思っていたよりも分別のある女の子で安心したよ」

そう答えると鈴音ちゃんはちょっとだけ不服そうに頬を膨らませた。

「先輩。私は確かに他の女の子よりもその……ちょっぴりえっちなところはあるかもしれませんが、それでもちゃんと人の目は気にしています」

「そ、そうだよな。変なこと言って悪かったな」

これでも鈴音ちゃんは学園一の淑女で通っているのだ。たとえ本性がド変態だとしても、そう思わせない能力は備わっているはずだ。

「じゃあ、入りましょうか……」

鈴音ちゃんが先導するように図書室に入るので、彼女の後に続く。

今になって気づいたが、入学して以来、図書室に入るのはこれが初めてだ。

そもそも読みたい本はいつも本屋で買っているし、俺の読むようなライトノベルの類いはこの学校の図書室には置かれていないことも、友人から聞いていた。

図書室に入った瞬間、ほのかに香るカビの匂いと埃《ほこり》っぽさ。教室を二つくっつけたほどの広さの図書室の奥半分は本棚に占領されており、手前に置かれた大きなテーブルでは生徒が二、三人ほど読書に勤《いそ》しんでいた。

鈴音ちゃんはまずカウンターに向かうと、今日受付当番の生徒に軽く挨拶をして、本棚のある奥へと歩いていく。

静かな図書室では俺と鈴音ちゃんの足音でも室内に響いてしまう。

鈴音ちゃんは図書室の一番奥の本棚の前までやってくると、丁寧にスカートの裾を折って、その場にしゃがみ込んだので、俺もその隣にしゃがみ込んだ。

「ここです……」

彼女は声を抑えて天井まで続く巨大な本棚の一番下の棚を指さす。

「ここがどうかしたのか？」

「………」

鈴音ちゃんは俺の問いかけには何も答えず、何故《なぜ》か恥ずかしそうに頬を赤らめた。

俺は本棚を見やった。どうやらこの棚は東南アジア諸国の文化について書かれた本が並んでいるようで、背表紙を見る限り『インドネシアとイスラム文化』『カンボジア宗教旅行記』など、言い方は悪いが高校生があまり手を付けなそうな本が並んでいる。

首を傾げる。なんで鈴音ちゃんは俺をこんなところに連れてきたんだ？

少なくともそれらの書籍は俺の小説の資料としてはあまり役立ちそうには感じられなかった。

そんな俺に鈴音ちゃんは相変わらず頬を染めていた。そして、顔を真っ赤にしたまま俺を見つめるとようやく口を開く。

「私のコレクションです……」

「コレクション？　鈴音ちゃんって外国の文化に興味でもあるの？」

が、鈴音ちゃんは顔を赤らめたまま首を横に振る。

その表情からはまるで、私の口から説明させないで、とでも言っているようだった。この健全な空間で何が彼女をそんな表情にさせるのか？

とりあえず俺は、今後一生読まなそうな背表紙を眺めると、その中の一冊を引き抜いた。

そして、一ページ目をめくった瞬間、心臓が止まりそうになった。

「鈴音ちゃん、これっ⁉」

慌てた様子で鈴音ちゃんがあたりを見回して指を口に当てる。

「せ、先輩っ、声が大きいです……」

「え？　あ、ごめん……だけど……」

俺が手に取ったのは東南アジアの文化を伝える文庫本だったはずだ。

表紙を再度確認するが、そこには確かに、アンコールワットらしき写真と堅苦しいタイトルが書かれている。が、一ページめくるとそこには『背徳の補習授業　鈴香の場合　フランツ書院』と書かれている。

やっぱりこの子ド変態だ……。

俺は頭を抱える。やっぱり鈴音ちゃんは俺以外の作品にも手をつけているらしい……。

呆《あき》れた顔をする俺を鈴音ちゃんは泣きそうになりながら見つめる。

「先輩だから教えたんです……。そんな軽蔑するような目で私を見ないでください……」

「い、いや、軽蔑なんてしてないよ。ってか、なんでこんな本がこの健全な図書室に置かれているんだよ……」

「それは……」

と、そこで鈴音ちゃんは少しバツの悪そうな顔で俺から目を逸らした。

「先輩はさっき図書室の入り口に置かれた寄贈ボックスと書かれた箱を見ましたか？」

「え？　ああそう言えばあったような……」

「あれは生徒たちのいらない本を収集する箱です。図書委員はその箱に入っている本を先生に検閲してもらってから寄贈本として図書室の本棚に並べるんです」

「いや、検閲って、こんな本が検閲を通るわけないだろ」

「検閲なんて名ばかりです。実際には寄贈ボックスに入っている大量の本の表紙だけを見て、大丈夫なものに先生が『寄贈本』のスタンプを押すだけです」

「つまり鈴音ちゃんは表紙だけをそれっぽい本にすり替えて、寄贈本に交ぜたってことか？」

「そうです……」

とんだ変態策士が目の前にいた。この手を使えば堂々と鈴音ちゃん好みの小説を図書室の本棚に並べることができるのだ。

きっと東南アジア文化の棚に交ぜたのは、この棚がこの図書室でひと際人目につかない場所に位置しているからだ。

「だけどよ。こんなもん図書室に並べてどうするんだよ」

「読むんです……バレないように……」

「っ……」

俺は遠くのカウンターに座る図書委員の女子生徒を見やった。彼女は退屈そうに文庫本を眺めている。

なるほど、鈴音ちゃんは当番の日にあそこに座りながら、こっそりコレクションを読んでいるというわけか……。

これが学園一のアイドルにして淑女である鈴音ちゃんの実態である……。

「わざわざそんなリスクを取らなくても、家から持ってくればいいじゃねえかよ」

と、尋ねるが鈴音ちゃんは激しく首を横に振る。

「部屋には隠せません。お兄ちゃんが時々私の部屋をこっそり物色しているみたいなので……。それに……部屋で読むよりもここでみんなの視線を気にしながら読んだほうが、なんだかドキドキします」

と、鈴音ちゃんはさらっと兄の性癖と、自身の性癖も告白する。

開いた口がふさがらない俺だったが、ふと思う。

「ちょっと待て……」

そう言えば鈴音ちゃんはさっきコレクションとか言ってたよな。

ハッとしてそこに並んだ文庫本を手当たり次第抜き取って表紙をめくる。

『野球部マネージャーの裏の献身』

『東京変態女子校生』

『友達の兄は私の家庭教師で……』

OH……NO……。

大切な東南アジアの文化が、鈴音ちゃんによって絶絶の危機に瀕《ひん》していた……。

「先輩……」

「なんだよ……」

「私、先輩にはお礼なんかでは伝えられないぐらいの感謝をしているんです。ですから微力ながらも先輩の創作活動に役立ちたいんです」

と、水晶玉よりも穢《けが》れのないまっすぐな瞳で俺を見つめる鈴音ちゃん。

鈴音ちゃんよ。きみはどうしてそんな純粋な心でそんなド変態なんだ……。

鈴音ちゃんは本棚に目を落とすと、コレクションの中から一冊抜き取って、それを胸に抱えた。

「先輩、せっかくですから少し読んで帰りませんか？」

そう言って小首を傾げてわずかに微笑む。

可愛い……。

彼女がとんでもないことを口にしているのはわかるのだけど、その可愛い笑顔のせいで、まるで、なんだかそれがとても健全な行為のように錯覚してしまう。

結局、俺は断りきれず彼女の提案を了承した……。

窓から差し込む風がカーテンを靡《なび》かせる。

一年の中で今日こそが春だと確信できる心地よいそよ風を感じながら、俺は正面に座る文学少女に目を奪われていた。

美しい……。

ただ図書室で本を読んでいるだけなのに、それが水無月《みなづき》鈴音というだけで印象派の絵画でも眺めているような錯覚を覚える。

きっと誰だって彼女を見ればそう思うに違いない。

彼女の本を読む姿は、一〇〇人の男がいれば一〇〇人が見入ってしまいそうな、魅力がある。

だが、そんな渓流のように心洗われる光景をぶち壊しにすることができる言葉を俺は知っていた。

『生徒会長の調教備忘録　フランツ書院』

それが彼女の読んでいる小説のタイトルだ。

あ、ちなみにダミー表紙は『カザフスタンの食文化』というタイトルです。

彼女のコレクションは東南アジアだけでは飽き足らず、中央アジアにもその勢力を伸ばし始めていた。

現代を生きるチンギスハンの姿がそこにはあった。

目の前で読書に勤しむ鈴音ちゃんを眺めながら、俺は呆れを通り過ぎて感心していた。

よくもまあ図書室でこんなにも集中できるものだ。彼女はもうかれこれ一時間近く官能小説を読み続けている。

まあスマホで連載のプロットを練っている俺が言えた立場ではないけど、少なくとも俺の後ろには窓しかなく、図書室は三階なのでまず誰かに覗《のぞ》かれることはない。

が、正面に座る鈴音ちゃんはそうではない。

彼女の後ろにはカウンターや隣のテーブルがある。現にさっきから何人かの生徒が彼女の後ろを通り過ぎているし、その気になったら覗けてしまいそうだ。

あ、ちなみに俺の名誉のために言っておくが、俺は最初、鈴音ちゃんに窓際の席を勧めた。が、彼女自身が「こ、こっちのほうがドキドキします……」と言って、わざわざあちら側に座ったのだ。

なんでも後ろを人が通ると恥ずかしくて胸がキュンってなるんだって……。

たぶん彼女は日本一キュンの使い方を間違えている。

が、さすがに彼女も人目というものは気にしているようで、後ろを誰かが通り過ぎるときには、慌てて開いた本に顔を埋めてやり過ごしている。

あと、これは余談だけど、時折、彼女が急に頬を赤らめたり、わずかに身を捩《よじ》ったりするせいで、彼女がどのタイミングでその手のシーンに差し掛かったのかが、こっちから丸わかりだ。

小説に夢中になる鈴音ちゃんとは対照的に、俺のプロットは暗礁に乗り上げていた。

まあ当然と言えば当然だ。目の前の少女は俺の小説を愛読しているのだ。そして彼女はヒロインのモデルが自分だと知っている。

つまり、ここで俺が過激な描写をすることは、目の前の少女に、俺はきみを脳内でこんな風にめちゃくちゃにしていましたと告白しているようなもんだ。

そのせいで、今一つ踏み込んだプロットが作れないでいた。

スマホと睨めっこしながら悶々《もんもん》とする俺。

と、そこで正面の変態文学少女が、不意に文庫本をテーブルに置くとカウンターへと歩いていく。彼女は受付当番の生徒に何かを話しかけると、その生徒から何かを受け取ってこちらへと戻ってきた。

「どうかしたのか？」

「なんだか彼女、疲れているみたいだったので、戸締まりを代わりました。どうせ私は閉館までいますから」

カウンターを見やると、生徒は鞄を手に取ると鈴音ちゃんに頭を下げて図書室を出ていった。

そこで俺はいつのまにか図書室に俺と鈴音ちゃん以外に人影がないことに気がつく。

「この時間はいつもこんな感じですよ」

彼女は俺の心を見透かすように答えた。

「それよりも先輩……なにか私にお手伝いできることはありますか？」

「お手伝い？」

「小説のことです……」

「あぁ……」

変態ながらも心優しい鈴音ちゃんは、俺の小説が停滞していることを心配してくれているらしい。

「ありがとう。だけど、大丈夫だよ」

そう答えると鈴音ちゃんは「そうですか……」と少し残念そうに答えた。

その後、鈴音ちゃんは何か考えるように「う〜ん……」としばらく唇に人差し指を当てていたが、不意にハッとしたように目を見開く。

そして、なぜだか頬を真っ赤に染めながら俺を見つめた。

「あ、あの……先輩……」

「ど、どうしたの？」

「い、いっぱい見てもいいですよ……」

「はい？」

と、突然、わけのわからないことを言いだす鈴音ちゃん。俺が聞き直すと彼女は今にも泣きだしそうな瞳を見せて震える声で言う。

「そ、その……先輩の小説のモデルは私……なんですよね？」

「そうだけど、それがどうかしたのか？」

「だからその……もしも先輩の小説の手助けになるのであれば、私のことをその……えっちな目でじろじろ見てもいいですよ……」

「す、鈴音ちゃんっ⁉」

誰もいないのはわかっていても思わずあたりを見回してしまう。

目の前の美少女が、自分をエロい目で見てもいいと言っている。なんという悪魔の誘惑。いったいこの誘惑に屈しない男などこの世に存在するのだろうか。本気でそう思った。

しかも恐ろしいことに彼女の瞳はどこまでも澄んでいて、ただただ俺の小説の手助けがしたいという純粋な感情しか伝わってこない。

「わ、私のことなら心配していただかなくても大丈夫です。ちょっと恥ずかしいですけど……それで先輩のお役に立てるのであれば、どこからどう見ていただいてもかまいません」

「っ………」

どこからどう見ても……。

ダメだ。心の中で罪悪感と男のロマンが殴り合って全く決着がつきそうにない。

「…………」

「…………」

俺はどちらの決断も下せずに図書室を沈黙が覆う。

鈴音ちゃんは相変わらず澄んだ目で俺のことを一心に見つめていた。そして、先に沈黙を破ったのは鈴音ちゃんだった。

「先輩って女の子の脚が好きですよね？」

「え、え〜と、何の話かな？」

「私、知ってます……。だって、私、先輩の小説の一番の読者ですから。先輩の小説は女子校生のスカートから出てくる太腿《ふともも》の描写が多いです」

鈴音ちゃんからの突然の指摘に、顔がみるみる熱くなる。

「どうなんですか？　先輩……」

「いや、それは……」

結論から言うと、鈴音ちゃんの指摘は正しい。

正直なところ脚の描写を意識的に書いたつもりはなかったが、俺の小説には無意識に性癖が投影されていたようだ。

「好きなんですよね……女の子の脚……」

鈴音ちゃんの目は確信めいており、わずかに笑みを浮かべている。

殺してくれええええええええっ!!　誰か今すぐに俺を殺してくれええええええ!!

生まれてこのかた味わったことのないような羞恥心が俺を襲った。

「私、数えたんです。先輩のお役に立ちたかったので……。そしたら先輩の小説の描写は胸の描写に比べて、脚の描写のほうが三・一四倍も多かったです……」

な、何だよ。その人生で全く役に立たない変態円周率はっ!!

どこまでストイックなんだよ。この子は……。

鈴音ちゃんは全てお見通しなのだ。彼女はきっと小説を目を皿にして読んでいる。その中で彼女は完璧に俺の性癖を見透かしていた。

彼女の見た目に騙《だま》されてはダメだ。

彼女の変態ぶりは俺の想像をはるかに凌駕《りようが》している。

まるで彼女の掌《てのひら》の上で転がされているようだった。

「…………」

羞恥心のあまり声を発することもできない。

そこで鈴音ちゃんは立ち上がる。彼女の頰もやっぱり赤い。

きっと無理をしているのだ。本当は恥ずかしいはずだ。そうに決まってる。だけど、俺の小説のために体を張ろうとしているのだ。

鈴音ちゃんは膝丈のスカートの裾を指で摘《つま》んだ。

「スカートはどれぐらいの長さがいいですか？」

「いや、それは……」

答えられるわけねえだろっ!!

「知ってますよ……だってハルカちゃんのスカートの長さはこれぐらいですもんね」

そう言って鈴音ちゃんはスカートを五センチほど摘み上げた。

その長さは俺の想像していたハルカちゃんのスカートの長さとドンピシャだ。

「先輩……私、先輩のお役に立ちたいです。これでもやっぱり私には先輩のお手伝いはできないでしょうか……」

鈴音ちゃんは覚悟を決めているようだった。

彼女は俺の小説を読むためならば、どんな苦労もどんな羞恥も厭《いと》わないつもりだ。

この目の前の親友の妹は、もしかしたら天才的な変態なのかもしれない……。


先生ごめんなさい。そしてお父さんお母さんごめんなさい。俺はいまこの図書室という学内でもっとも知的な空間で、学園一可愛い女の子と変態的な会話をしています……。

閉館まで三〇分を切った放課後の図書室。彼女の言う通りこの時間になると、ここを訪れる生徒など皆無だ。

その結果、もう一時間近く、この図書室は俺と鈴音ちゃんの貸し切り状態になっていた。

「私、これまでハルカちゃんのことを勘違いしていたかもしれません……。ハルカちゃんは受け身な女の子で、Mの女の子だと思っていたんです……」

読書用のテーブルを挟んで向かい合って座る俺と鈴音ちゃん。会話を誰かに聞かれる心配のない図書室で、鈴音ちゃんはエンジン全開だ。

「だけど何度も読み直しているうちに、私はようやく気がついたんです……。ハルカちゃんは確かにお淑《しと》やかで控えめな女の子ですが、心の中に悪戯《いたずら》好きで積極的なもう一人のハルカちゃんを飼っているんです……」

鈴音ちゃんの瞳はこれまで見てきたどんな彼女の瞳よりもキラキラと輝いていた。これまで抑えてきた俺の作品への愛が一気に爆発したようだ。

嬉しいよ。もちろん嬉しいさ。

今まで生きてきて、ここまで俺の作品を深く読み込んでくれた人はいない。そして、彼女は俺よりも俺の作品を深く読み込み、ヒロインハルカの心を深く理解している。ここまで素晴らしい読者を少なくとも俺は知らない。

だけどね……だけど、さっきから鈴音ちゃんの話を真剣に聞きながら、時折頭をよぎるの。

俺たち図書室で何をやってるんだ……。

わかってるよ。わかってる。それは俺の心が邪《よこしま》だからなんだ。それは俺自身が官能小説というものを後ろめたいものだと捉えているからなんだ。

ほら、鈴音ちゃんの瞳を見てみろよ、竜太郎。

あんなにキラキラと輝いた無垢《むく》で澱《よど》みのない瞳をお前は見たことがあるか？

あれは七夕の夜に、流れ星に向かって世界平和を祈る女の子の目だぞ。

鈴音ちゃんは邪な感情など一切抱かずに、ただただ純粋に俺の官能小説がより変態的で、多くの人間をいやらしい気持ちにする作品になることを願っているのだ。

それなのにお前というやつは……。

と、そこで熱弁をふるっていた鈴音ちゃんが、我に返ったようにハッとした顔をして頬を赤らめる。

「ごめんなさい……ちょっと熱くなり過ぎました……。先輩はどう思われますか？」

と、彼女は俺に委ねるようにそう尋ねた。

正直なことを言おう。

俺はそこまで深く考えてこの作品を書いていなかった。

何か官能小説にうってつけのシチュエーションはないかな？　そうだ、翔太の妹って可愛かったよな。実は翔太と鈴音ちゃんが禁断の愛を育んでいて、それを竿役《さおやく》が寝取るって展開とかウケるんじゃね？　ぐらいのノリで書いた……。

だけど、そんなこと恥ずかしくて、口が裂けても言えない。

いや、かっこよく言いなおそう。俺は鈴音ちゃんの気持ちを裏切るような真似《まね》はしたくない。

「もちろん、一人でも多くの読者さんに喜んでもらえるような作品を書こうって思って書いたよ」

と、毒にも薬にもならないような返事をすると、鈴音ちゃんはすかさず「素敵です。私も一人でも多くの読者さんに先輩の作品の素晴らしさを知ってもらいたいです」と顔の前で両手を組んだ。

「だけど、読者さんに喜んでもらうためにはまず、先輩自身が喜ばなくちゃだめですよね？」

ん？　どういうこと？

鈴音ちゃんの言葉が全く理解できずに戸惑っていると、彼女はぬっと顔を俺に接近させた。

「私が先輩のことをいっぱい喜ばせますので、それを小説の描写に使ってください」

「いや、喜ばせるって……」

鈴音ちゃんよ。正気か？

知ってるとは思うけど、俺が書いてるのは官能小説ですぞ……。

だが、彼女は動揺する俺から視線を逸らそうとはしない。

「もっとじろじろ見てもいいんですよ？」

「み、見るって——」

「今、テーブルの下に入れれば、私の脚をゆっくり観察できますね？」

ＯＨ……ＮＯ……。

なんてことだ。鈴音ちゃんは俺の小説のために本気で体を張るつもりらしい。

だが、さすがにこれは一線を越えている。

「鈴音ちゃん、さすがにそれは——」

「先輩って、案外意気地がないんですね……」

あ、めちゃくちゃ挑発されてる……。

鈴音ちゃんはそう呟《つぶや》くと、少しつまらなそうに俺から視線を逸らしてため息をついた。

そのため息さえも俺のことを挑発するためのもの。

それでも鈴音ちゃんの言う通り意気地のない俺が一人あわあわしていると、彼女はまた俺に視線を戻してわずかに笑みを浮かべた。

「じゃあ、こうしましょう」

彼女はそこで机の上に置かれた自分のペンケースへと手を伸ばした。

ペンケースからボールペンを一本取りだすと、それを掌に乗せて俺の前に差し出す。

「先輩、このペンをよく見ていてくださいね？」

「え？　お、おう……」

なんだよ。手品でも披露してくれるのか？

彼女の掌に乗せられたペンを眺めていると、彼女はペンをコロコロとテーブルの上で転がした。

ペンは机の上を転がっていきテーブルの端へとたどり着くとポトリと床に落ちる。

ちょうど鈴音ちゃんの足元のあたりに。

「す、鈴音ちゃん……なにやってんすか……」

「先輩、拾ってください」

「いや、でも……」

もしもペンを拾おうとしたら必然的にテーブルの下に潜り込んで、鈴音ちゃんの足元を這《は》うことになる。

その魅力的ながらもキケンな鈴音ちゃんの提案に、何も答えられないでいると、俺の足の甲に何かが触れた。そして、その何かが足の上でもぞもぞと動く。

「なっ……」

あ、当たってる……鈴音ちゃんのつま先が俺の足に当たっちゃってるよ……。

鈴音ちゃんはつま先で俺の足の甲をなでなでしていた。靴下越しに触れる鈴音ちゃんの足の感触。少しくすぐったくて、それなのに少し気持ちいい感触に体がビクビクする。

彼女自身も自分でやっていて恥ずかしいのだろうか、その表情からは羞恥を感じた。

それでも自分の足を止めることはせずに、俺の足の甲からさらには側面、足首などを舐《な》めまわすようになでなでしてくる。

「せ、先輩、何も言わなければ気持ちは伝わりませんよ？」

「それはその……」

それでもはっきりと答えない俺に、鈴音ちゃんは追撃を始めた。彼女はつま先を俺の足の甲に押し当ててぐりぐりぐりしてくる。

すっごいぐりぐりされてる……。

理性が……俺の理性が……。

「拾わないんですか？　それとも拾いたくないんですか？　本当は拾いたいですよね？だって、今テーブルの下に入れば私のスカートの中が見えますもんね？」

そしてこの挑発である……。

彼女は恥ずかしさに身悶《みもだ》えしながらも、それでいて目だけは挑発的に俺を見つめている。

「もしも拾いたくないのであれば私を叱ってください。だけど、もしも先輩にペンを拾いたい気持ちがあるのにそれができないのだとしたら、先輩はただの腰抜けですね？」

なんだろう……。赤面して恥じらう表情と、口から出てくる言葉のギャップが凄《すご》いんだけど……。

「先輩……後悔しますよ？　先輩は女の子の脚をもっと近くで感じたいですよね？」

そんなことを言われて素直に拾いたいなんて言ったら俺は本当の変態だ。

もちろん、魅力的な言葉だとは思う。

だけど、ここで誘惑に負けてしまったら人として何か大切なものを失ってしまう。

だから、

「ひ、拾いたいです……」

と、素直にお気持ちを表明した。

幸いなことに俺には人として失うものなどこれ以上なかった。

「へんたい……」

そんな俺に鈴音ちゃんから冷めた口調でご褒美……。

「せ、先輩って、そんなことがしたいんですか？　テーブルの下に潜って女の子の脚をじろじろ眺めるのが好きなんですか？　どうしてそんな恥ずかしいこと年下の女の子に頼めるんですか？」

と、軽蔑の目で罵られる俺だが、不思議と辛いよりも嬉しいの感情が勝るのはどうしてだろう。

が、そんな鈴音ちゃんもしばらくすると恥じらいながらもわずかに口角を上げる。

「でも先輩がどうしてもって言うなら拾ってもいいですよ……私のペン……」

　可愛い。

「あ、ありがとうございます……」

　ということで俺は、さっそく鈴音ちゃんのペンを拾うためにテーブルの下に潜り込もうとした。

　そんな俺を「あ、先輩……」と呼び止めた彼女。何事かと逸《はや》る気持ちを抑えながら首を傾げると、鈴音ちゃんは鞄の中から何かを取り出すと、それを俺に差し出す。

「やっぱりこれを付けてください」

「な、なんすかこれ……」

「目隠しです……。さっきはいっぱい見てもいいって言いましたが、やっぱりちょっと恥ずかしいので……」

　それは鉢巻のような長い布だった。

「いや、なんでそんな物持ってるの……」

「なにか先輩の小説のお役に立てればと思って持ってきました。使う機会に恵まれて良かったです」

「そ、備えあれば憂いなしだな……」

「そ、そうですね……」

さすがは鈴音ちゃんである。ちゃんと目隠しプレイに備えて準備していたようだ。

ちょっぴり残念ではあるが、これならば鈴音ちゃんも安心である。ということで、さっそく鉢巻を目の上に巻いてみる。

うむ、なにも見えない。

だけど……その気になれば……。

「な、なあ鈴音ちゃん、一つ聞いてもいいか？」

「はい……なんですか？」

「確かにこれじゃあ何も見えないけど、こんなの少しズラせばすぐに外れちまうと思うんだけど」

「そうですね。仮に先輩が目隠しを外したとしても、私からはテーブルの下は見えないので……」

「い、いいのか？　俺なんかを信用しても……」

「私は目隠しをしたほうが先輩の想像力が膨らんで先輩の小説の役に立つと思います。ですが、目隠しを取ったほうが小説の参考になると思うのであれば、私は止めません」

「いや、でもそんなことしたら――」

「いいんですよ？　別に見ても。私はそのことを誰かに言ったりしませんし、怒ったりしません。ですが……その時は先輩のこと、心の底から軽蔑します……」

なるほど、つまり目隠しを外せば鈴音ちゃんが俺を軽蔑してくれるってことか。

「それとも軽蔑されたいんですか？」

そして、そんな俺の下心は鈴音ちゃんに筒抜けである。

本心を見透かされて頬が熱くなるのを感じた。そんな俺を鈴音ちゃんがクスッと笑った。

「なんだか少し軽蔑されたそうな顔をしていますね？」

「い、いえ、そのようなことは……」

曖昧な返事を残して俺は逃げるようにテーブルの下に潜り込むことにした。

手探りでテーブルの位置を把握して、ゆっくりと腰を下ろした。床に手をつくとそのまま赤ん坊のハイハイのような姿勢で、鈴音ちゃんの足元へと進んでいく。

が、目隠しをしているせいで方向感覚も今一つ摑めない。冷たい床に手を這わせて鈴音ちゃんのペンを捜していく。

が、それらしきものは見つからない。

「先輩……ペンはありましたか？」

「いえ、現在捜索中でございまして……」

「本当ですか？　本当はもう見つけているのに、嘘を吐いているんじゃないですか？」

「いえ、そのようなことは決して……」

「目が使えないなら鼻を使えば見つかるかもしれませんよ」

なんという悪魔の誘惑。

「床に顔を近づけてクンクンすれば、ペンが見つかるかもしれませんね？」

「いや、さすがにトリュフを探すブタじゃあるまいし」

「でも今の先輩……ブタさんみたいですよ？」

「ぬおっ……」

「先輩、目が使えないなら想像力を使ってください。聴覚、嗅覚、触覚、あらゆる感覚を研ぎ澄ませば、きっと先輩の目の補完をしてくれるはずです」

そうだ。

確かにメインカメラはやられているが、俺にはまだ感覚が残っている。

あらゆる感覚を研ぎ澄まして、脳内ビジョンに目の前の光景を映し出すんだ。

竜太郎よ。今こそが小説家としての真骨頂を発揮するときだぞ。想像力を働かせて見えないものを見るんだ竜太郎。

くんくんと鼻をぴくぴくさせてみる。すると、少しカビ臭くて埃っぽい図書室特有の匂いが鼻腔《びこう》をくすぐる。が、その中にわずかにではあるが柔軟剤のような甘い香りが混じっていることに気がついた。

こ、これは……。

俺はハイハイで前方へと進んでいく。俺が見つけるべきものがペンであることも忘れて、香りの発生源へとトリュフを求めるブタのように進んだ。

そして、俺の鼻先が何かに触れた。

「ん、んんっ……」

それと同時に、何やらいやらしい吐息がテーブル越しに聞こえてくる。

マズい……理性が吹き飛びそう……。

鼻先に触れるウールの感触とその奥に感じる指のような感触。

す、鈴音ちゃんの足だ……。

どうやら俺は嗅覚を頼りに鈴音ちゃんのソックスに覆われた足に到達したようだ。

鈴音ちゃんの靴下からは柔軟剤の甘い香りが漂っており、嫌な臭いはこれっぽっちもしない。

その甘い香りに思わず卒倒しそうになりながらも、くんくんしていると再び「んんっ……」といういやらしい吐息とともに、悶えるように鈴音ちゃんの指が動いた。

「せ、先輩……くすぐったいです……」

どうやら彼女は本当にくすぐったいらしく、クスクスと笑いを漏らしながら逃げるように足を左右に移動させる。それでも俺は鈴音ちゃんの匂いを捕捉して逃げる足を追った。

み、見える……。鈴音ちゃんの身悶えする姿が手に取るように見える。

きっと俺が匂いを嗅いでいるのは鈴音ちゃんの左足。

親指の感触がここにあり、斜めに鼻をスライドさせるとそこには小指の感触。

「せ、先輩……んんっ……」

「くんくんっ……」

もしもこれが左足で合っているのだとすれば、俺から見て左側に顔を移動させれば、そこには鈴音ちゃんのもう一方の足があるはず。

思い立ったが吉日。顔を一八〇度方向転換させると、わずかに漂う柔軟剤の香りを頼りに顔を伸ばした。

それこそトリュフを求める変態ブタのように……。

そして、

「ひゃっ⁉」

俺の鼻先が布製の何かに触れた瞬間、鈴音ちゃんの短い悲鳴のような声が図書室に響いた。

どうやら不意打ちだったようだ。鈴音ちゃんはビクッと右足を震わせる。

「せ、先輩……不意打ちは卑怯《ひきょう》です……」

「ご、ごめん……」

「だ、大丈夫です……」

俺のとっさの謝罪に鈴音ちゃんは大丈夫と言いつつも、その声はわずかに震えていた。

「そ、それよりも……ペンは見つけられそうですか？」

そ、そうだ……。俺の本来の目的は鈴音ちゃんの靴下の匂いを嗅ぐことではない。ペンを捜すことなのだ。

だけど、そのあまりにも刺激の強い誘惑に俺は屈しそうになっていた。

と、そこで鈴音ちゃんがわずかに足を床から浮かせた。鈴音ちゃんの足の動きに思わず俺は一度顔を引くが、今度は鈴音ちゃんの足のほうが俺の顔を見つけ出し、顔の形を確かめるように頬や顎を撫でてきた。

「こ、ここが口ですね……」

鈴音ちゃんはそう言って、親指の部分で俺の下唇を優しくなでなでする。

あーダメだ……何かが爆発しちゃいそう……。

「先輩……早くペンを見つけ出してください。でないと私……恥ずかしすぎてどうにかなっちゃいそうです……」

「そ、そんなこと言われても……」

「まだどこにあるかわからないんですか？」

残念ながらペンの場所はまだ特定できそうになかった。鈴音ちゃんの足は匂いで見つけられてもペンに匂いなんてない。

慌てて両手を床に這わせるが、ペンに触れることはできなかった。

と、そこで再び頭上から声が聞こえる。

「先輩……本当にペンは床に落ちたのでしょうか？」

「ど、どういうこと？」

「先輩はペンが床に落ちた音は聞こえましたか？」

「え？　聞こえたと思うけど……」

「いえ、聞こえませんでした。きっと先輩の聞き間違いです……」

「鈴音ちゃん？」

彼女の言葉の意味がすぐには理解できなかった。が、次に彼女の発した言葉で俺は全てを理解する。

「ペンはきっとスカートの中に落ちていますよ」

「す、鈴音ちゃんっ!?」

なんてことだ……なんてことだ。

ペンの野郎。物理法則を無視してなんという場所に落下しやがるっ!!

「ちょうど私の太腿の間にペンが落ちているはずです」

そこまで言って鈴音ちゃんは一度深呼吸をした。

そして、

「せ、先輩……スカートの中のペン……拾っていただけますよね？」

「…………」

「先輩、聞こえませんでしたか？　ペン……拾っていただけますよね？」

「…………はい、喜んで……」

もはや、俺にその願いを断れるような勇気はない。

鈴音ちゃんがスカートの中にペンが落ちたと言えば、それは落ちたのだ。そして、鈴音ちゃんが拾えと言ったら、拾う以外に選択肢はないのだ。

鈴音ちゃんがどのタイミングで、そんなけしからん場所にペンを仕込んだかは、目隠し状態の俺にはわからんが一言言いたい。

ありがとうございますっ!!

「せ、先輩……嗅覚を研ぎ澄ましてください。そうすればきっとペンは見つけられるはずです……」

「ら、ラジャ……」

ということで、俺は急遽《きゅうきょ》行先を変更することになった。俺が目指す場所は図書室の床ではなく鈴音ちゃんのスカートの中だ。

さっそく鈴音ちゃんの右足の匂いを嗅ぎ直してから、ゆっくりと頭を上げていく。そして、おそらく鈴音ちゃんのひざ下のあたりでソックスは途切れ、鼻先にさらさらとした感触を感じた。

「や、やだっ……んんっ……」

鈴音ちゃんのいやらしい吐息。

どうやら鈴音ちゃんの生脚に鼻が触れたようだ。鼻を僅かに前に出すと鈴音ちゃんの膝の固い骨の感触があった。

あとは顔を前方に向ける。目隠しのせいで拝むことはできないが、今、俺の眼前には鈴音ちゃんのスカートの中の景色が大きく開けているはずだ。

み、見たい……けどここで見たら人として終わる……。

いったい俺の眼前にはどんな光景が広がっているのだろうか。

何色なんだ？　俺の眼前には何色の布が顔を覗かせているんだっ⁉

「せ、先輩……ちゃんと目隠しはしていますか？」

「ああ、ばっちりだよ」

「先輩には見えていないってわかっていても、なんだかスースーして恥ずかしいです……」

スースー。鈴音ちゃんはいったいどこがスースーするんだろう……。

鈴音ちゃんの言葉一つ一つが俺に無限の想像力を与えてくれた。

「薄ピンク色……」

と、そこでさらに鈴音ちゃんが決定的な言葉を口にする。

「す、鈴音ちゃんっ⁉　な、何の話をしているのっ⁉」

「わ、私の好きな色を口にしただけです……他意はありません……」

「………」

本当に他意はないんですか？

俺、想像しちゃいますよ？　スカートの中、鈴音ちゃんのすべすべの二つの太腿の奥で顔を覗かせる薄ピンク色の何かを想像しちゃいますよっ⁉

見える……心の目が開眼した俺には見える。

健康的な二つの太腿。スカートの中の薄暗いトンネルの奥に見える薄ピンク色のパンツ……。

変態千里眼を駆使して、その素晴らしい景色を脳に焼き付けた。

「せ、先輩……早くしてください……」

そして、そんな俺の行動が彼女を焦らしてしまったようだ。鈴音ちゃんは耐え切れなくなったのか震える声で呟いた。

「ご、ごめん……」

と謝ると、俺はゆっくりと慎重に顔をスカートのほうへと進めていく。

だが、その直後、事故は起こった。

スカートの中にペンがあると信じて、花園へと向けて顔を進めていた俺だったが、その際に頬が鈴音ちゃんの内股を掠《かす》めた。

「んんっ⁉　だ、ダメ……」

鈴音ちゃんは思わずそんな声を漏らすと、脚にぎゅっと力を入れて太腿を内側へ閉じた。

俺の顔が左右の内腿にぎゅっと締めつけられる。

「ぬおっ⁉」

うぅ……痛い……けど嬉しい……けど痛い……けど嬉しい……嬉しい……嬉しい。

俺はこの世にこんなに幸せな痛みがあることを初めて知った。

「や、やだ……先輩、くすぐったい……」

太腿で俺の顔を締めつける鈴音ちゃん。

「す、鈴音ちゃん苦しい……」

「で、でも恥ずかしい……」

もがくように頭を動かしてみるが、頭を動かせば動かすほど鈴音ちゃんは「んんっ……」といやらしい吐息とともに、むにむにした太腿で俺の頭を締めつけてきた。

く、苦しい……幸せだけど苦しい……。

快楽と苦痛の間で悶えていた俺だったが、さすがに苦しさが勝ってくる。

このままだとヤバい……。

早いところペンを回収しないと酸欠になってしまう……。

「鈴音ちゃん、ごめんっ‼」

そう叫んで右手を鈴音ちゃんの太腿へと伸ばす。が、俺が触れたのは彼女の太腿ではなくさらさらとした布の感触。

鈴音ちゃんのスカートだ。

どうやら俺は、いつの間にか鈴音ちゃんのスカートの中に頭を突っ込んだ状態になっていたようだ。

な、なんということだ……。

そして、ペンを回収するためには鈴音ちゃんのスカートの中に手を突っ込まなければならない。

だがこのままではペンは回収できない。

やるしかないっ!!

俺は決心した。手探りで鈴音ちゃんのスカートの裾の部分を見つけ出すと、ゆっくりと丁寧に彼女のスカートをめくっていった。

「せ、先輩、やめて……」

「ご、ごめん鈴音ちゃん、だけど、こうしないとペンが取れない」

「で、ですが、恥ずかしいです……」

「我慢してくれっ!!」

俺は心を鬼にしてスカートをゆっくりゆっくりとめくり上げた。

「せ、先輩……パンツが見えちゃってます……」

「ぬおっ⁉」

み、見たい……けどペンの回収が先だ。

スカートがめくれたところで、俺は右手を左右の太腿の間に差し込む。手の甲にはさらさらの肌の感触。

「そ、そんなところ触っちゃダメですっ‼」

鈴音ちゃんを無視して鈴音ちゃんの股へと手を入れていく。そして、ついに指先がペンらしきモノに触れた。

「んんっ……やだ……」

と、相変わらず身悶えする鈴音ちゃんからの妨害に耐えながら、人差し指と中指で器用にペンを挟むと、そのまま手を引っこ抜く。

あとは脱出あるのみだ。一度ペンを床に置くと、俺は左右の手で鈴音ちゃんの太腿を鷲《わし》づかみにした。

そして強引に鈴音ちゃんの股を左右に割った。

「やだっ……こんな恰好《かっこう》恥ずかしい……」

頭を引っこ抜くためとはいえ、今、鈴音ちゃんは開脚させられて俺にパンツを見せつけるような姿勢になっているに違いない。

なんてことだ……なんてことだ……。

学園一の美少女にして淑女である鈴音ちゃんに俺はなんてことを……。

目隠しを外したい気持ちをぐっと抑えながら、頭を脱出させた。

一息ついた俺は床に置いたペンを回収し、ハイハイをしたままテーブルから体を出した。

「鈴音ちゃん……ペンあったよ」

目隠しを解いた。

まばゆい光に思わず目を細めながらも、目を慣らして瞳を開いていくと、そこには鈴音ちゃんが立っているのがぼんやりと見える。

ぼやけていた鈴音ちゃんのシルエットが徐々にはっきりとしていくのがわかった。

そして、

「なっ……」

そこにはわずかにめくれ上がったスカートを必死に押さえながら頬を真っ赤にする鈴音ちゃんの姿。

彼女は「はぁ……はぁ……」と息を乱しながら俺から顔を背けている。スカートがめくれているせいで彼女の太腿が大きく露出してしまっている。

け、けしからん……。

「す、鈴音ちゃん……ごめん……」

そんな彼女に謝ると、鈴音ちゃんはしばらく黙っていたが「だ、大丈夫です……」とかろうじて答えた。

それからしばらく彼女は黙ったまま息を整えていた。

不測の事態が発生して彼女もかなり動揺しているのだろう。元はと言えば彼女が言い出したことではあるものの、彼女の心中を察する。

だが、彼女は最後に「ふぅ～」と大きく息を吐くと、わずかにめくれたスカートから手を離してこちらへと顔を向けた。

「先輩、ペンは拾えましたか？」

「え？　こ、これ……」

彼女の足元で手足を床についた状態の俺は、右手に摑んだペンを彼女へと差し出した。

俺からペンを受け取ると、彼女はそれを胸ポケットに入れてわずかに頰を緩ませる。

頰は赤いままだけど……。

彼女はしばらく笑みを浮かべたまま俺のことを見下ろしていたが、俺の頭に手を置くと「よくできました。えらいえらい」と俺の頭をなでなでした。

「…………」

なんだろう……この背徳的な気持ちは……。

でも、なでなで嬉しい……。

優しく頭をなでなでされるの、すごくいい……。

そして気がついた。俺は完全に今、自分の性癖を引き出されている。

『年下の女の子になでなでされて喜ぶ』

頭の中で俺が新たな性癖を解放したことを知らせるトロフィーが出現した。

どうやら俺は何かの実績のロックを解除しちまったらしい……。

※　※　※

「せ、先輩……よく頑張りましたね。えらいえらい」

土下座しながら鈴音ちゃんに感謝する俺。

そして、そんな俺の前にしゃがみ込んで野良猫でもあやすように俺の頭を「よしよし」と、なでなでする鈴音ちゃん。

頭を下げているから見えないが、鈴音ちゃんはきっと天使のような笑顔で俺の頭を撫でているに違いない。

「で、でも本当にいいんですか？　先輩は私よりも……年上ですよ？　年下の女の子にこんな風になでなでされて恥ずかしくないですか？　みんな私たちのこと見てますよ？」

俺の頭を撫でながら彼女はそう尋ねる。

「こんなの屈辱だ。クラスメイトなんかに見られたら一生笑いものにされる」

「そうですよね……普通の男の子だったら年下の女の子にこんな風になでなでされても嬉しくないですよね……。それなのにどうして先輩は、さっきから子犬みたいに嬉しそうにしっぽをフリフリさせているんですか？」

「そ、それは……」

お、重い……重すぎて体が動かねえ……。

俺の頭上には変態トロフィーが乗っていた。

この重い物体こそが俺をこうも屈辱的な体勢にしているのだ。

そう……俺の頭に乗ったこのドデカいトロフィーさえなければ、彼女の撫でる手を振り払うことだって、立ち上がることだってできるはずなのに……。

『年下の女の子になでなでされて喜ぶ』

そのトロフィーには深々とそう刻まれていた。こいつが俺の頭に乗ってからというもの、俺はこの姿勢からほんの数ミリも体を動かすことができなくなっていた。

クスッと鈴音ちゃんの笑う声がした。

「何がおかしいんだよ……」

「せ、先輩……知っていますか？　先輩の頭に乗っているトロフィー、本当は軽いんですよ？　私がふっと息を吹きかけただけで吹き飛んでしまうぐらい軽いんです」

「い、いや、そんなことない。このトロフィーは重くて重くてしょうがない」

「そうですか？　なら試しに頭を上げてみてください。きっと、簡単に上げられますよ？」

「そんなこと……」

「本当です。それに頭を上げればその……は、恥ずかしいですが私のパンツだって見えますよ？　先輩、見たくないですか？　もしも何色なのか当てられたら、もっとなでなでしてあげます……」

「そ、それは……」

そうだ。鈴音ちゃんは制服姿で俺の頭上でしゃがんでいる。つまり、俺が頭を上げれば彼女の脚の間から覗く幸せの布を拝むことだって可能なのだっ!!

鈴音ちゃんのパンツの色は何色だ？

白なのか？　水色なのか？　それとも強気の黒や赤なのだろうか？

見てえっ!!　死ぬほど見てえっ!!　だって、鈴音ちゃんのパンツだぞっ!?

い、いやいや、それだとただの変態童貞高校生だ。

こう言おう。

官能小説の参考にするために資料として色を確認したい。

俺は首に力を入れた。首の骨をミシミシと軋《きし》ませながらも、少しずつ頭を上げていく。

見るんだ竜太郎っ!!　鈴音ちゃんのパンツを見るんだっ!!

そして、ついに俺は頭を上げた。そんな俺の視線の先にあったのは鈴音ちゃんのパンツ……ではなく、可愛い妹、深雪の鬼のような形相だった。

「おにぃ、いい加減に起きろおおおおおおおおおおおっ!!」

「昨日なんて鈴音の奴《やつ》、俺のハンバーグだけ一つ多く作りやがって……本気で俺を太らせるつもりらしい……」

平日の朝。今日も今日とて翔太の鈴音ちゃん自慢を聞かされていた俺は、適当に『へぇ……』『すごいな』『うらやましいよ』という三つの相槌《あいづち》をランダムに繰り返して、話を聞いている風を演じていた。

正直かなり適当な相槌なのだけど、そもそも翔太は自分の話がしたいだけで、相手の声など耳に入っていないから、これでも十分に騙せている。

「それから鈴音が一緒に風呂に入ろうって言い出すからまいったぜ。本当に夢で良かったよ」

夢なんかいっ!!

聞き流すつもりだったが、さすがに心の中でツッコミを入れずにはいられなかった。

おいおい、こいつついに夢で見たことまで俺に自慢し始めるようになったのか……。

いよいよ終わりだな……。

「ホント夢の中にまで出られて、いい加減兄離れしろって話だよ……」

いや、夢にまで妹を出して、いい加減妹離れしろや……。

夢に鈴音ちゃん……。

翔太が変な話をするものだから、俺まで昨晩の夢のことを思い出してしまう。

昨晩、俺が見た夢……ああっ!!　死にたいっ!!　あんな夢を見たことが鈴音ちゃんにバレたら自殺モノだ……。

ここ数日、俺は変な夢ばかり見ている。その変な夢には毎回のように鈴音ちゃんが現れて、俺の性癖を完全に見抜いた彼女が、俺を手玉に取ってくるような……そんな夢ばかり。

そんな夢を見ては寝坊直前で深雪に起こされるという日々を送っていた。

『年下の女の子になでなでされて喜ぶ』

そんな変態トロフィーを鈴音ちゃんに強制解放されてしまった俺は、そのトロフィーが想像以上に精神的重しになっていることに数日遅れで気がつくハメになったのだ……。

頭に残る鈴音ちゃんの柔らかい掌《てのひら》の感触……そして『よしよし』と幼い子供をあやすような優しい声……。

ああダメだっ!!　認めたくないけど体が求めてしまっているっ!!

俺は鈴音ちゃんからなでなでされたいっ!!

とまあ、こんな風に鈴音ちゃんの餌付けの後遺症にここ数日間苦しんでいる俺だが、ある一点においてだけは、彼女の餌付けが功を奏している。

官能小説だ。

あの図書室での一件の後、俺は鈴音ちゃんのアドバイスと引き出された性癖を頼りに、最新話を怒涛《どとう》の如く書き上げた。

あの日、俺は鈴音ちゃんに自分の願望を官能小説に書いているというようなことを言ったが、書き上げた最新話はまさに俺の願望の塊だと言っても差し支えない。

その結果、俺は投稿サイトにおいて人生初のランキング入りを果たすこととなった。

休日前夜に書き上げた最新話の閲覧数は、翌朝目が覚めると爆上がりしており、まだまだ下位ではあるものの、ランキング上に『作者こののん』の文字を発見した。

なんというか、鈴音ちゃんのアドバイスがここまで結果に直結するとは思っていなかったが、この結果を見ると彼女のことを認めざるを得ない。

現に感想欄には『悪戯好きのハルカちゃん最高!!』『俺もハルカちゃんによしよしされたい……』など、ヒロインの積極性を褒めたたえる感想が目立った。

今後、鈴音ちゃんに足を向けて寝られない……。

いや、むしろ、今後は鈴音ちゃんから足を向けられて寝たいっ!!

そんな変態的な気持ちだった。

「鈴音のやつ……おせえな……」

と、そこで隣を歩いていた翔太が不意に呟いた。その声にふと我に返った俺は「どうかしたのか？」と尋ねる。

すると翔太は「え？　い、いや……こっちの話だ……」と少し慌てたように答えた。

なんだこいつ……と首を傾げていると、背後から「先輩っ」と声が聞こえた。

そんな声に俺と翔太が同時に振り返ると、そこには俺と翔太の夢のメインヒロイン水無月鈴音の姿があった。

彼女は相変わらず快晴よりも眩しい笑顔で俺に手を振ると、足早にこちらへと歩み寄ってくる。

前の日に夢に出てきた女の子を現実世界で見ると、なんだかドキドキするよね……。

たった数日間会わなかっただけなのに、ひどく久しぶりのような気がした。

彼女は俺の前で立ち止まると、相変わらず丁寧に頭を下げて「先輩、おはようございます……」と挨拶をする。

「おう、おはよう……」

俺がそう挨拶を返すと、鈴音は次に翔太を見やった。そんな鈴音ちゃんに翔太は不愛想を装いつつもわずかに頬を綻ばせている。

しばらく見つめ合っていた兄妹。

ここで鈴音ちゃんが弁当箱を取り出して翔太に渡すところまでがテンプレだ。

が、

「…………」

ニコニコしながら翔太を見上げていた鈴音ちゃんだったが、一向に弁当箱を取り出すそぶりがない。

そのことに疑問を抱いた俺だったが、それは翔太も同じだったようだ。彼は弁当箱を出さない鈴音ちゃんに、少し焦るように目を見開いた。

「お兄ちゃん、どうかしたの？」

そんな兄に首を傾げる鈴音ちゃん。翔太は「そ、それはその……」と、少しあたふたしている。

「す、鈴音……弁当は？」

「お弁当？　何の話？」

「ほ、ほら、俺、今日も忘れずに弁当箱を忘れたと思うんだけど……」

困惑のあまりわけのわからないことを口にする翔太。そんな翔太に鈴音ちゃんは相変わらず笑みを浮かべたままだ。

「お弁当箱ならお兄ちゃんの鞄に入れておいたよ。お兄ちゃんったらいつも私のお弁当忘れるんだもん……。だから、これからは忘れないように毎朝お兄ちゃんの鞄に入れておくことにしたの」

彼女は笑顔のままそう答えた。普通に聞いていればよくできた妹だ。翔太だってあらかじめ鞄に弁当を入れておいてくれた妹に感謝してしかるべき状況。それなのに、翔太は動揺を隠しきれていない。

そして、俺は彼の動揺の理由を知っている。

これからは鈴音ちゃんの弁当箱をみんなに見せつけられない。そもそも翔太がいつも弁当を忘れる理由はそれなのだ。その毎朝の恒例イベントを失った翔太は動揺で目をキョロキョロさせていた。

そんな翔太を見て、俺が思ったこと。

ざまあっ!!　翔太くん、ねえどんな気持ち？　今、どんな気持ち？

と、いい加減、翔太の鈴音ちゃん自慢に辟易《へきえき》していた俺が笑いを噛《か》み殺《ころ》していると、ふと、俺は鈴音ちゃんの出で立ちに違和感を覚えた。

いや、いつものように制服を着ている鈴音ちゃんだったが、なんだかいつもと違うような気がする。

俺はしばらく違和感の正体を考えて……気がついた。

スカートがいつもよりも少し短い……。

いや、言い方を変えよう。鈴音ちゃんのスカートの長さは俺の想像していたハルカちゃんのスカートの長さと同じになっている……。

もしかしてわざとなのか？　わざとやっているのか？

そんな彼女のイメチェンに愕然《がくぜん》としていると、ふと彼女が俺の視線に気がついて首を傾げた。

「私のスカートに何かついてますか？」

「え？　ご、ごめん、なんでもない……」

と、慌てて答えると、彼女は「それならいいのですが……」となぜか頬を紅潮させて答えた。

どうやら彼女には俺の心が透けて見えるらしい……。

それから俺たちは三人で高校へと向かった。先頭で少し不機嫌気味に歩く翔太と、その後ろをついていく俺と鈴音ちゃん。鈴音ちゃんはさっきからスマホを眺めている。

そんな彼女を横目に眺めながら、あることをずっと考えていた。

実は最新話を投稿して二日経《た》つのだが、今のところ『すず』こと鈴音ちゃんからの感想はまだ書き込まれていない。

いつもならば真っ先に感想を書いてくれる彼女なのだが、今回は違った。だから、俺はひそかに焦っていたのだ。

鈴音ちゃんはもう読んでくれたのだろうか？　そして、どんな感想を抱いたのだろうか？

あぁ……知りたい……早く知りたい。できることならば、鈴音ちゃんから小説を褒めてもらいたい……。

頭をなでなでされながら「よくがんばりましたね。よしよし」と言われたい。

が、翔太がいる手前、そんなことを直接尋ねることなどできるはずもなく、悶々としていた俺だが、不意に鈴音ちゃんから「んん……」と吐息の漏れるような声がしたので彼女を見やった。

彼女は相変わらずスマホを眺めていた。

何やってんだ？

深雪と連絡でも取っているのだろうか？

などと考えながら彼女を見つめていると、不意に彼女が俺の視線に気がついたのか、ちらりと横目で俺を見やった。そして、その瞬間、彼女は何故か頬を紅潮させて俺から視線を逸らす。

それを見た瞬間、俺は愕然とする。

ちょ、ちょっと待て……鈴音ちゃんもしかして……。

俺は悪いとは思ったが、さりげなく彼女のスマホを覗こうとした。が、彼女のスマホには前まではなかった覗き見防止のフィルムが貼られており、何を読んでいるのか確認することができない。

だが、わかる。彼女の表情を見るだけで俺には完全にわかる。

こやつ……現在進行形で官能小説を読んでいやがる……。

どうやら彼女は図書室でキュンキュンするだけでは飽き足らず、絶対にバレるわけにはいかない兄のすぐそばで読むことで、さらにキュンキュンしてやがるようだ。

口をあんぐりと開けながらそんな鈴音ちゃんを眺めていたが、ふいに彼女は画面を見つめたままスマホに何かをポチポチと入力し始める。

入力を終えた彼女がスマホをポケットに入れると、その直後、俺のポケットから♪ピロリロリンという音が鳴った。

スマホを取り出して画面に目を落とすと、そこには『新着メッセージが届きました』と表示されている。

どうやら鈴音ちゃんがメッセージを寄越《よこ》したようだ。

メッセージアプリを開き、さっそくメッセージを確認した俺だったが、そこに書かれていた文言を見て思わず足が止まった。

『どうしたんですか？　そんなに焦った顔をして』

あ、バレてる……。

どうやら鈴音ちゃんレベルになると、俺の焦り程度、手に取るようにわかるようだった。

そんなエスパー鈴音ちゃんの能力に唖然《あぜん》として立ち止まっていると、少し前方を歩く鈴音ちゃんが足を止めてこちらを振り向いた。

「先輩、早くしないと遅刻しちゃいますよ？」

「え？　あ、ごめん……」

と、慌てて彼女のもとへと駆け寄ると、彼女は俺に向かってにっこりと微笑んだ。そして、そのまま俺の耳元へと唇を寄せると、

「そんなに、なでなでされたくなっちゃったんですか？」

翔太に聞こえないぐらいの小さな声でそう囁《ささや》いた。


放課後、抜け殻状態で家に帰ってきた俺はリビングのソファで横になっていた。

重い……変態トロフィーが重い……。

鈴音ちゃんの焦らしの効果は絶大だった。

一時間目、二時間目、三時間目と進むごとに心の中のトロフィーがどんどん重くなっていくのがわかった。

褒められたい……鈴音ちゃんから『よしよし』と言われながら頭を撫でられたい……。

ただその気持ちだけが強くなっていく。

が、いくらスマホを眺めても通知は来ない。

鈴音ちゃんからの感想が届かない。

「はぁ……」

官能小説を書くモチベーションが湧いてこなかった。

俺の体は鈴音ちゃんからのご褒美という原動力がなければ、小説が書けない体になりつつある……。

とりあえず、今日のところはベッドで横になって安静にしていよう。

そんなことを考えながらソファから立ち上がろうとしたそのときだった。

♪ピンポーン。

リビングに来客を伝えるチャイムの音が響いた。

誰だ？　なんて考えながらインターホンへと歩み寄る。そして、液晶画面に表示された人物を見た瞬間、心臓が止まりそうになった。

「鈴音ちゃんっ⁉」

『その声は……先輩ですか？』

なぜだ。なぜ鈴音ちゃんが俺の家の前に立っている？

「もしかして深雪と遊ぶ約束でもしてたの？　深雪なら塾に行っているはずだけど……」

そう尋ねると液晶に映った美少女は首を横に振った。

『今日はその……先輩に用があって来ました』

「俺に用？　なんか用なんてあったっけ？」

『先輩のほうこそ、私にしてもらいたいことがあるんじゃないですか？』

そう言って彼女はわずかに頬を赤く染めた。

こ、これはっ⁉

鈴音ちゃんのそんな質問に全てを察した俺は慌てて玄関へと駆けだした。


数分後、ノックをして自室へと入ると、鈴音ちゃんはテーブルの前でお行儀よく正座していた。お盆を持った俺は彼女が持ってきてくれた紅茶の入ったティーカップを二つテーブルの上に並べて、彼女の正面に腰を下ろす。

「急に来ちゃってごめんなさい。お邪魔じゃなかったですか？」

彼女はティーカップに口をつけると少し申し訳なさそうに俺の顔色を窺《うかが》った。

「いや全然。俺もちょうど暇してたところだし」

それどころか渡りに船状態だ。

なでなでに飢えていたところでの鈴音ちゃんの到来。本当は喜びの舞を舞いたいぐらいだけど、さすがにそんなことをしたらドン引きされるのは目に見えているので自重する。

「なら、よかったです……」

そんな控えめな俺の言葉に鈴音ちゃんは安心したように、ようやく表情を緩めた。

可愛い。

あらためてそんな彼女を見つめて心からそう思う。わずかに幼さを残しながらも均整の取れた顔は何度見ても飽きないほどに美しい。

まさかこんな女の子が変態を拗《こじ》らせているなんて、誰に話しても信じてもらえないだろう。

いや、ホント。なんで変態を拗らせているんだ……。

そんなことを考えながら紅茶をすすっていると、鈴音ちゃんは何やらもじもじした様子でチラチラと俺に視線を向けてきた。

そんな彼女を見ていると俺の欲望が強くなっていく。

あー感想が欲しい。頭をいっぱいなでなでしてもらって『よしよし』って言われたい……。

「先輩……小説の評価はどうですか？」

鈴音ちゃんが口を開いた。

彼女は相変わらずチラチラと俺に視線を向けるだけで、しっかりと目を合わせようとはしない。ティーカップの持ち手の部分を人差し指でなぞっている。

そして、なぜか正座させた太腿をもじもじとこすり合わせていた。

なんか動きがエロい……。

「お、おかげさまで上々だよ。読者の人数も増えたし好意的な感想も増えたよ。鈴音ちゃんには感謝以外の言葉が見つかんない。ありがとう」

現に小説の評判が上々なのは鈴音ちゃんが俺の性癖を引き出してくれたおかげだ。

まあ、今その副作用に苦しんでいるんですけどねっ!!

「よかったです。ですが、読者が増えたのは先輩の実力ですよ。先輩の小説は他を圧倒していると私は思うので」

だが鈴音ちゃんのほうはあくまで謙虚だ。

そんな彼女を眺めていると、我慢ができなくなってくる。

「できれば鈴音ちゃんの感想も聞いてみたいな……」

そう尋ねた瞬間だった。鈴音ちゃんはビクンっと体を震わせた。

その動きはまるで俺から感想を聞かれることに怯《おび》えているようだった。

「す、鈴音ちゃんっ⁉」

「ごめんなさい……私はその……最新話は……」

「面白かった?」

「それはその……」

なぜか鈴音ちゃんは小説の感想を口にしようとしない。その異様な反応に首を傾げていると、彼女は今にも泣き出しそうな目で俺を見つめてきた。

あ、あれ? 俺、鈴音ちゃんを泣かせるようなこと言ったっけ?

「せ、先輩は私から褒められたいですか？」

「っ……」

いきなり核心を突くような質問をする鈴音ちゃんに思わず絶句する。

彼女の目にはまるで俺の心の変態トロフィーが見えているようだった。

そんな彼女の反応に動揺しながらも、必死に平静を装ってぎこちない笑みを浮かべる。

「まあ、誰だって褒められるのは嬉しいよ」

「そういうのじゃありません……」

「そういうのじゃないってどういうこと？」

「先輩は私からなでなでされながら褒められたいはずです……」

「いや、それは……」

「じゃあなでなでされたくないんですか？　もしも先輩が不快に思われるのであれば、私はもう二度となでなでしません……」

あ、転がされている。掌でころころと転がされてるわ。俺……。

「先輩、もしも私にしてもらいたいことがあるなら自分の口で言ってください。はっきり言わなければ伝わらないです……」

「そ、そんな……」

「はっきりと口にしてください……」

なんなんだこの子は……。さっきからビクビクしているのに、口から出てくる言葉からは攻撃性しか感じない……。

だが、このままではマズい。

一生鈴音ちゃんからなでなでしてもらえないなんてことになったら、俺は何をモチベーションに小説を書けばいいんだよ。

いや、もともとそんなモチベーションはなかったはずなのだけど、すっかり俺の体は鈴音ちゃんのなでなでなしでは生きられなくなっている。

「先輩……言ってください……」

「それはその……」

「先輩……ここが正念場です……」

と、可愛い顔して俺を煽《あお》ってくる鈴音ちゃんに、欲望と羞恥心の狭間でもがき苦しむ。

竜太郎よ。本当にそれでいいのか？　こんな身も心も年下の女の子に掌握されちまって大丈夫なのか？

先輩としてのプライドはどこに行った？

「なでなでされたいです」

あ、そんなプライドは元からないんだったわ……。

泣きそうになりながら鈴音ちゃんに、なでなでされたいとお気持ちを表明した。

「誰が誰になでなでされたいんですか？」

が、鈴音ちゃんはこの程度では許してくれなかった。

「俺が鈴音ちゃんからなでなでされたいです」

「よく言えました。お利口さんですね」

鈴音ちゃんはわずかに笑みを浮かべた。どうやら鈴音ちゃんのお気に召す回答だったようだ。

鈴音ちゃんは「わかりました。先輩、頭を出してください」と言って右手を恐る恐る俺のほうへと差し出す。

紆余曲折《うよきよくせつ》はあったが、どうやら至福のときがやってきたようだ。

これで鈴音ちゃんの柔らかい手でなでなでしてもらえる。

俺は胸を躍らせながらぬっと頭を鈴音ちゃんのほうへと出して、彼女からのご褒美を待った。

「…………」

「…………」

「…………」

「…………」

が、待てど暮らせど鈴音ちゃんの手が俺の頭に触れることはない。

もう少し待ってみるか……。

「…………」

「…………」

「…………」

「…………」

が、やっぱり鈴音ちゃんの手が俺の頭に触れてこない。

さすがに不審に思った俺は頭を上げてみた。すると、そこには自分の右手を左手で掴みながら身悶えする鈴音ちゃんの姿があった。

「す、鈴音ちゃんっ⁉」

「だ、ダメです……私、なでなでできないです……」

「いや、なんで？」

相変わらず身悶えする鈴音ちゃんにそう尋ねると、彼女は「よくわからないです……」と首を横に振った。

「私は先輩のこと、いっぱい褒めてあげたいです。先輩に『よしよし。よく頑張ったね』って言って頭をいっぱいなでなでしてあげたいです」

「ならなんで……」

「ダメなんです」

「ダメって何が……」

「私の中に先輩を焦らしたいもう一人の自分がいるんです……」

彼女はいったい何と戦っているんだ……。

俺の頭へと手を伸ばす彼女と、それを阻止しようとするもう一人の彼女の熾烈《しれつ》な戦いが目の前で繰り広げられていた。

そして俺は気づいてしまう。

『先輩を焦らして喜ぶ』

おそらく鈴音ちゃんの心の中にそう書かれた変態トロフィーが鎮座しているはずだ……。

どうやら彼女は一枚上手《うわて》だったようだ。図書室での一件で、俺は鈴音ちゃんから変態トロフィーを解放されて、自分の潜在的な変態性に気づいた。

だが、俺がその変態性に気づいている間に、彼女は俺の頭をなでなでしたいという欲望と、俺を焦らしたいという欲望の二つのトロフィーを解放していたらしい。

ダメだ……変態の格が違いすぎる……。

それからもしばらく鈴音ちゃんは身悶えしながら、撫でようか撫でまいかせめぎ合っていた。

が、ゆっくりと伸ばした手を引っ込めると「ふぅ……」と呼吸を整えて俺を見つめた。

「先輩……」

「なんでしょうか……」

「私に一つ提案があるのですが、聞いていただけませんか？」

「提案とはどのようなものですか？」

そんな俺の問いに彼女は、俺の代わりにまたティーカップの持ち手を指でなでなでしながら、口を開く。

「私、思うんです。ここで先輩の頭をなでなでしてあげたら、先輩は喜んでくれると思います」

そりゃそうだ。

「だけど、何度も先輩のことなでなでしちゃったら、先輩はいつかなでなでに飽きてしまうと思うんです」

「そんなことは……」

「いいえ、きっと飽きてしまいます。こういうのは慣れてしまったらおしまいなんです。それに私だって、あんまりたくさん先輩のことをなでなでしたら飽きてしまいます」

「そういうものなんですか？」

「そういうものなんです……」

変態の極意を俺に伝授してくれる鈴音ちゃん。

「だからこうしましょう。先輩がもしもサイトのランキングで一位を取れたら、その時は先輩のことをいっぱいなでなでします。だから、先輩には頑張ってランキングの一位を取ってもらいたいんです」

そ、そんなご無体な……。

ランキングの一位と簡単に言う鈴音ちゃんだが、そう簡単に一位が取れれば苦労はないのだ。

何千、いや何万もの作品が投稿されるサイトで、その頂点に立つことのできる人間などほんの一握りなのだ。

俺の訴えるような目に、鈴音ちゃんが「大丈夫です先輩ならできます」と微笑む。

「先輩の小説は変態性に溢れています。それに先輩が本気の変態性を文章に落とし込むことができるようになれば、きっと結果も出てきます。そして、私が先輩のこといっぱいえっちな気持ちにして、本気の変態性を引き出してみせます」

そう言って鈴音ちゃんは身を乗り出して俺の顔を見つめると、可愛らしく小首を傾げた。

「先輩、それまでお利口さんにできますよね？」

「はい……」

ということで俺は鈴音ちゃんからなでなでしてもらうためにランキングの一位を目指すことになった。

正直なところ、今すぐにでも鈴音ちゃんからなでなでされたい。だが、なでなでしてもらうためにはランキングの一位にならなければならない。

ランキング一位なんて今のままでは夢のまた夢だ。

だが、一位を取れば……。

なんだろう、ただ頭をなでなでされることが、鈴音ちゃんの一位を取れ発言によって極上のご褒美のように輝き始めた。

ならばやるしかない。

鈴音ちゃんからのなでなでを手に入れるために、俺は自らの腕と鈴音ちゃんの変態サポートによってランキング一位を獲得しなければならない。

そう自分を奮い立たせて、執筆に勤しむ。

が、そんな俺の闘志とは裏腹に原稿はあまり進んでいなかった。

その理由は二つある。

まず一つ目。

「ん、んんっ……先輩、この作品すごいです……」

一つ目はテーブルの前で女の子座りをする鈴音ちゃんだ。

彼女は、俺が本棚の奥に隠していた蘭鬼六先生の傑作官能小説『花と蛙《かえる》』に夢中だった。

その過激な内容に終始頬を赤らめ、変な吐息を漏らしながら身悶えしている。

どうやら人差し指を咥えるのが、彼女が官能小説に夢中になっているときの癖のようだ。んなもん見せられて執筆に集中できるかよっ!!

気になってそっちにしか視線がいかねえ……。

執筆を待つ鈴音ちゃんのいい暇つぶしにと思って貸してあげたのだが、ここまで彼女の性癖にぶっ刺さったのは少々想定外だった。「わ、私……こ、この本買います……」と言って文庫本のタイトルを必死にスマホにメモしていたのが一〇分ほど前の出来事だ。

この分だと図書室の本棚は中央アジアどころか、そろそろヨーロッパも安全地帯ではなくなってきたぞ……。

そして、俺の執筆が思うように進まないもう一つの理由、それはそもそも俺の書いている官能小説の内容にあった。

翔太がモデルである兄の秀太、そして鈴音ちゃんがモデルである妹ハルカは一見仲のいい兄妹だが、実はそうではない。

兄秀太は妹ハルカの兄への愛情と忠誠心を逆手に取り、彼女を性奴隷として扱っている。誰かにバレて、家庭が崩壊してしまうことを恐れたハルカちゃんはそんな秀太からの仕打ちに耐えていた。

が、そんなある日、彼女は兄の親友、遼太郎《りょうたろう》から告白される。

初めはその告白を拒否したハルカだったが、遼太郎の優しさに触れるうちに彼女はいつしか、遼太郎に好意を寄せるようになり、兄の目を避けて二人は密《ひそ》かに愛を育んでいく。

が、ハルカは秀太からの度重なる調教により、遼太郎への恋心とは裏腹に兄なしでは生きていけない体になっていた……。

よくもまあ実際の友人とその妹を題材にして、こんな酷《ひど》い作品が書けたな……俺。

ま、まあ、それはさておき、この作品で読者を増やすきっかけになった前話では、主に遼太郎とハルカの甘い展開が繰り広げられた。

主に俺と鈴音ちゃんとのやり取りがモデルになっているのだけど、俺の洗脳された欲望をそのまま殴り書きしたような話なので正直苦労はなかった。

が、今執筆している話はそんな彼女が自宅へ戻り、再び秀太から奴隷のような扱いを受けるという、前話とはかなりギャップのある話だ。

つまり秀太のドS的な欲望をいかに魅力的に書くかが今回の肝なのだ。

だが、今の俺は『年下の女の子になでなでされて喜ぶ』と刻まれた変態トロフィーが心の中に鎮座しているせいで、S的欲望がすっかり消《き》え失《う》せていた。

俺は女の子をイジメたくない……むしろイジメられたい……。

そんな状態で秀太が鈴音ちゃ――もといハルカに酷いことをする展開なんて思いつかない……。

そんなこんなで俺はもう一〇分以上一文字も進まないという状態が続いていた。

「先輩、なんだか筆が進まないみたいですね……」

鈴音ちゃんが小説から顔を上げて勉強机兼作業机に座る俺を見上げた。

「え？　ま、まあね……」

素直に答えると彼女は小説をテーブルに置いて立ち上がると、俺のもとへと歩み寄ってくる。そして、俺のすぐ背後に立って俺の肩越しにノートパソコンを眺めた。

どうでもいいけど、距離近い……。

鈴音ちゃんから漂う甘い香りに卒倒しそうになりながらも、必死に平常心を保つ。

彼女はしばらくじっとノートパソコンに書かれた文字を読み上げると、俺へと顔を向けた。

「先輩、もしかしてドSな男の子のシーンが書けなくなっちゃったんですか？」

一発で俺の悩みを見抜いてくる鈴音ちゃん。

どうやらその驚きが表情に出ていたようで、彼女はクスクスと笑った。

「ま、まあな……」

「だったら無理にドSの男の子を書かなくても、いいんじゃないですか？」

「そうだけどさ、そろそろ秀太を出しておかないとマズい気もするし」

「そうですか？　私は遼太郎と一緒にいるハルカのほうが好きですよ？　遼太郎といるハルカちゃんのほうが、自分らしさが出ていて可愛いです。私はもっとハルカと遼太郎のシーンが読みたいです」

　そう言うと鈴音ちゃんはスマホをポケットから取り出すと、軽く操作して俺の前に差し出した。

「それに見てください。感想やいいねの数も秀太とのシーンよりも遼太郎とのシーンのほうが多いです」

　スマホを見やった。すると、確かに感想やいいねの数は秀太のシーンと遼太郎のシーンとでは倍近く違う。

「きっと多くの読者さんは積極的なハルカちゃんが見たいはずです。それにランキングを上げるのであれば、そっちを優先して書いたほうがいいと私は思います」

「そういうものなのかなぁ……」

「それに先輩はドMの変態さんなんですから、そっちのほうが書きたいですよね？」

　と、隙あらば挑発的なことを囁いてくる鈴音ちゃん。

「いや、別に俺はドMってわけじゃ……」

　なんだか恥ずかしくなってとっさに否定をすると、鈴音ちゃんは「へぇ～」と囁く。

　そして、

「いい加減にドMの変態さんだって認めたらどうですか？」

　彼女はまるで俺を挑発するようにそう言うと「ふぅ～」と俺の耳に息を吹きかけてきた。

「あぁ〜」

その不意打ちに、おそらく俺の人生史上もっとも情けない声が漏れる。

あ〜今のはマズい……。

思わず体をビクつかせる俺に、彼女はクスクスと悪戯っぽい笑いを漏らした。

「先輩の反応、可愛いですね」

なんだろう。もう鈴音ちゃんに勝てる気がしない。

頬が熱くなるのを感じながら、必死に平静を装ってみるが、そんな演技が通用するわけもなかった。

「可愛いって言われてどうしてそんなに嬉しそうな顔をするんですか？　先輩が本当にSだったらそんな風に喜んだりしないですよね？」

もう止めて……それ以上は死体蹴りだから。

「私に怒らないんですか？　年上の人をそんな風にからかっちゃだめだよって怒らないんですか？　それとも嬉しいんですか？」

「嬉しいです……」

もうボキボキだよ。俺の先輩としてのプライドなんてボキボキにへし折れてもはや軟体動物だよ。

もはやタコと化した俺を見て、鈴音ちゃんは「素直になれてえらいですね」と褒めてくれた。

　そんな鈴音ちゃんを見て俺は思った。

　なんか今ならめちゃくちゃ筆が走る気がする……。

　再び執筆へと戻ろうとした。

「あの～先輩……」

　が、そんな俺を鈴音ちゃんが呼ぶ。

「どうしたの？」

　再び彼女へと顔を向けると彼女は掌を俺に差し出した。

「飴《あめ》……舐めますか？　糖分を摂取したほうが作業に集中できると思いますし」

「ありがとう」

　なんて優しい鈴音ちゃん。彼女はどこまでも俺の小説のために力を尽くしてくれる。

　だけど……だけど……鈴音ちゃんの持ってる飴……なんか変なんだけど……。

「す、鈴音さん……一つ伺ってもいいですか？」

「なんですか？」

　と首を傾げる鈴音ちゃんの右頬がわずかに膨らんでいる。

　こいつ何か口の中に入れてないか……。

「その飴……なに？」

鈴音ちゃんの掌に乗った飴はなんというか少々個性的だった。

一見、普通の飴玉なのだけどそこから細い糸のようなものが伸びている。そして、その糸はまっすぐ鈴音ちゃんの口の中へとつながっていた。

「なにって……ただの紐飴ですが……」

「紐飴って……そんなお菓子だったたっけ？」

俺の知っている紐飴は紐の片方にしか飴がついていなかったはずだ。それなのに、鈴音ちゃんの口から舌で何かを転がすような音が聞こえてくる。

訝《いぶか》しげに彼女を眺めていると、彼女はにっこりと微笑んで小さくて可愛い舌をペロッと出した。

舌の上には彼女の唾液にまみれた赤い飴玉が乗っていた。

飴玉になりたい……。

彼女は舌を口の中に引っ込めると、また頬を膨らませたり、舌の上に戻したりと、せわしなく口内で飴ちゃんをいたぶる。

「紐飴を二つくっつけてみました」

「いや、なんで……」

「なんでって、そっちのほうがえっちだと思わないですか？」

ちょっと何を言っているのかわからない。

「まあ細かいことはどうだっていいじゃないですか。はい先輩。お口あ～ん」

ということで俺は開いた口に飴を放り込まれた。

飴玉が舌の上でわずかに溶けて、口内に苺《いちご》の味が広がる。

うむ……甘酸っぱくて美味しい。

二人して、しばしの無言飴舐めタイムを送っていると、ふと鈴音ちゃんが俺から距離を取り始めた。

「鈴音ちゃん？」

そんな彼女を呆然《ぼうぜん》と眺めていた俺だったが、彼女が部屋の隅まで歩いていき、二人を繋《つな》ぐ紐がピンと張ったところで彼女の意図に気がついた。

「ぬおっ!?」

こ、これはマズい……。

伝わってくる……伝わってくるぞ……

ピンと張った紐によって、鈴音ちゃんが口の中で飴玉を転がすと、その感覚が張った紐を伝って俺のお口の中に届くのだ。

鈴音ちゃんは悪戯な笑みを浮かべると、これ見よがしに口の中の飴玉をいたぶり始める。

あぁ……やばい……。鈴音ちゃんの舌が俺の口の中に侵入してきたみたい……。

さっき鈴音ちゃんの飴玉になりたいと言った俺だったが、あっさりとその願いは叶《かな》ったようだ。舌先で飴玉をツンツンしてからかってくる鈴音ちゃんに思わず身悶えする。

なんだ……この変態糸電話は……。

このデジタル家電であふれた二一世紀に、アナログの凄さを改めて知ることになった。

「あぁ……す、鈴音ちゃん……そんなにツンツンされたら……」

「じゃあ今度はなでなでしてあげますね」

彼女はそう言うとぺろぺろと舌で優しく飴を撫であげた。

あぁ～背中がぞくぞくする……けど、悪くない……。

ということで手の代わりに舌でなでなでしてもらおうとする俺。六畳間には鈴音ちゃんが飴をなでなでするちゅぱ音が響き渡る。

なんかシュール……。

が、しばらく飴玉をなでなでしたところで、ふと鈴音ちゃんは頬を朱色に染めた。

「鈴音ちゃん……」

「わ、私ばっかりだと不公平です……。先輩もなでなでしてください……」

「ぬおっ⁉」

その予期せぬ鈴音ちゃんからの提案に頬が熱くなる。

「で、でも……いいの？」

「……はい。先輩からのなでなで欲しいです……」

　ということなので俺もなでなでするところになった。紐をピンと張り直したところで一度深呼吸をすると鈴音ちゃんを見つめる。

「じゃ、じゃあなでなで……するよ？」

「は、はい……よろしくお願いします」

　おそるおそる舌先で飴玉をぺろりと舐めた。

　俺の舌の動きに連動して張った紐がわずかな揺れを作り、それが鈴音ちゃんのお口へと伝播《でんぱ》していく。

「んんっ……や、やだ……これ凄いです……」

　どうやら俺のなでなでが鈴音ちゃんのお口に無事届いたようで、彼女はビクビクと体を震わせながら俺を見つめてきた。

　ご、ご満足いただけたようでなによりです……。

　鈴音さんにご満足いただけるように、何度も何度も舌先でちろちろと飴玉をいじめていると彼女は身悶えしながら悲しげに俺から目を逸らした。

「せ、先輩……そんなに舐めないでください」

「ご、ごめん。やりすぎたか？」

「いえ、もっといっぱい舐めてください……」

　えっろ……。

実際に鈴音ちゃんに触れているわけでもなければ、もちろん舐めているわけでもない。

なのに、鈴音ちゃんはお口の中に舌を入れられたように体をビクビクさせる。

ただ紐飴を二つ結んだだけで、子供向けのお菓子が大人のおもちゃになるなんて……。

これが目の前の変態錬金術師の実力である。

その天才的……いや変態的発明品に戦慄しながらも、夢中で飴玉をぺろぺろしていた俺だったが、不意にバタンっ!! と物音がした。

な、なんだっ⁉

突然の玄関のほうからドアの閉まるような音が聞こえてきたので、俺と鈴音ちゃんは顔を見合わせる。

どうやら誰かが帰ってきたらしい……。

そのことに気がついて目を見開く。

いったい誰が帰ってきたんだっ⁉

親父《おやじ》とお袋は夜まで仕事だし、深雪は塾に行っているはずだ。この時間は誰も家にいないはず……。

なんて考えていると、誰かが階段を上がってくるような音が聞こえてきた。

両親の部屋は一階にある。二階に自室があるのは俺と深雪だけだ。

そして、帰宅後に二階に上がってくる奴なんて深雪しかいない……。

マズい……。鈴音ちゃんと二人きりで部屋にいるのがバレるのは色々とマズい気がする。

「せ、先輩……」

と、鈴音ちゃんが心配そうに俺の顔を見上げた。

そりゃ鈴音ちゃんだって深雪に二人でいるところを見られるのは恥ずかしいよな。

「なんか胸がキュンキュンします……。下駄箱に靴を隠しておいてよかったです」

あ、この子ポジティブ……。

どうやら彼女は、こうなる可能性をある程度予想していた……いや、期待していたようだ。

が、俺はポジティブにはなれそうにない。慌てて立ち上がると鈴音ちゃんの腕を掴んだ。

そんな俺の大胆な行動に彼女は「せ、先輩っ⁉」と、さすがに動揺したような顔をしていたが、今はそんなことを気にしている場合ではない。

俺は彼女の手を引くと、そのまま「ここに隠れてて」と自分の作業机の下に彼女の体を押し込んだ。そして、自分も椅子に腰を下ろすと自分の体で鈴音ちゃんの体を隠す。

が、机の下が狭すぎる……。

その結果、開脚した俺の両足の間に、鈴音ちゃんがちょこんとしゃがみ込むのが精いっぱいだ。

鈴音ちゃんを隠すためにはこうするしかなかった……けど、鈴音ちゃんの顔がちょうど俺の股間の前に位置しており、とても構図がエロい。

とはいえ今更他の場所に隠す時間もないので、よからぬ妄想をしないよう自分に言い聞かせながらドアへと顔を向けた。

そこで「おにいっ」という声とともに、妹の顔がドアの隙間からひょっこり出てきた。

「おにい帰ってたんだ。早いね」

それはこっちのセリフだよ……。

「ま、まあな。それよりも今日は塾じゃないのか？」

いつも深雪は学校からそのまま塾に行くはずだ。

それなのにどうして帰ってきやがった……。

「あぁ……塾は今日休みになったよ。塾長が家賃を滞納してたみたいで、来週までは建物が使えないんだって……」

なんかさらっととんでもないことを口にされたような気がするが、今はそんなことを気にしている場合ではない。

あと、すねのあたりに感じる鈴音ちゃんの感触で頭がどうにかなっちゃいそうです……。

「で、これから遊びに行ったりする予定はあるのか？」

と、自分で口にしてあきらかに不自然な質問をすると、深雪は案の定首を傾げる。

「え？　遊びに行くけど……それがどうかしたの？」

「いや、なんでもない。車とかに気をつけろよ」

「気をつけるけど……なんでそんなこと急に言うの？」

あーダメだ……。口を開けば開くほど怪しまれそう……。

普段口にしないようなことを口にする兄に、深雪は相変わらず不思議そうに首を傾げていた。

それはそうと、さっきから俺の足に何かが触れている。

いや、もちろん触れているのは鈴音ちゃんなんだけど、明らかに何かしらの意志を持って鈴音ちゃんが俺の足の甲をなでなでしてきているんだけど……。

いらないよ。今はなでなでいらないよ。

どうやらこの緊張した空間を鈴音ちゃんは楽しんでいるようだ。

あぁ……くすぐったい……。

鈴音ちゃん……やめて……。

「おにい、なんか顔赤くない？」

と、そこで深雪が俺の表情の変化に気づきやがった。

「いや、別にそんなことないと思うけど……」

「そう？　ならいいけど……」

なんて、赤くなる顔とは裏腹にヒヤヒヤものの会話の最中も、鈴音ちゃんは俺の足の甲をさわさわと撫でている。

それどころか、鈴音ちゃんの手は足の甲から足首へと上がっていき、さらには俺のズボンの裾の中へと侵入しようとしている。

あ〜ぞくぞくする……助けて深雪ちゃん。お兄ちゃんどうにかなっちゃいそう……。

泣きそうになりながら鈴音ちゃんからの攻撃に耐えていた俺だったが、鈴音ちゃんがさらに追い打ちをかけてくる。

静かな俺の部屋になにやら唾液を絡めたような粘着質のある音が響き渡る。

具体的には俺の机の下から聞こえてくる。

す、鈴音ちゃんが飴舐めを再開し始めやがった……。

鈴音ちゃん……それはヤバよ……。

ただでさえ、股間の前に鈴音ちゃんの顔があるという、とんでもない状態になっているのだ。

さりげなく視線を机の下へと向ける。

いつの間にか紐飴の紐がピンと伸びており、俺の口の中に鈴音ちゃんのねっとりとした舌の感触が襲う。

「お、おにい、なんかちゅぱちゅぱ聞こえるよっ⁉」

深雪が顔を真っ青にして俺を見つめる。

これはマズい……。

とりあえず俺はわざとらしく口をちゅぱちゅぱ鳴らしてから深雪に舌を出した。

「あ、飴を舐めてるんだよ……。気にするな……」

「え？　そ、そうなんだ……」

「そうだよ。あと、俺はこれから課題をやらなきゃだめなんだ。悪いけど集中しないと終わらないから一人にしてくれ」

と、苦し紛れの言い訳を口にすると、そこで深雪はようやく「わ、わかったよ。じゃあカギ開けていくから後で閉めといてね」と言い残して部屋を後にしようとした。

のだが、

「あ、そうだ。おにい」

と、ドアが閉まる直前に深雪が振り返る。

「なんだよ。まだ、なにかあるのか？」

そんな俺の質問に深雪がなにやらにこにこと微笑んだ。

「ねえ、鈴音ちゃんとはどうなの？」

「は、はあっ⁉」

と、俺の足元にご本人がいることも知らずにそんなことを尋ねてくる深雪。

おい、その質問はやめろ……。

が、そんな俺の願いもむなしく深雪は話を続ける。

「おにい、鈴音ちゃんはきっとおにいに興味があるよ。だからね、鈴音ちゃんとゆっくりでもいいからちゃんと愛を育むんだよ」

「いや、だから」

「じゃあ私行ってくるねっ」

と、言いたいことだけを言い残して、深雪のやつは部屋を出て行きやがった。それから数分間、鈴音ちゃんは俺の足元に隠れていたが、バタンと家のドアが閉まる音がしてようやく机の下から出てきた。

「ごめん鈴音ちゃん。苦しくなかった？」

突然の出来事とはいえ狭い机の下に押し込んでしまったことを謝罪すると、彼女は「いえ……」と首を横に振った。

「鈴音ちゃん？」

が、彼女はなぜだか少しぼーっとした様子だ。少し心配になって彼女を呼ぶと、彼女はハッとしたように目を見開いて「別になんでもないです……」とまた首を横に振った。

なんだろう。さっきまで俺の足にちょっかいを出していたとは思えないほどに大人しくなった気がする。

が、そんな彼女をしばらく心配しながら眺めていると、彼女は俺の視線に気がついたのか笑みを浮かべて「なんでもないですよ。それよりも執筆の続き頑張ってくださいね」と俺を励ましてくれた。

※　※　※

よくよく考えてみれば、俺と翔太の付き合いは五年近くになるというのに、翔太の家にお邪魔したことがないということに今さらながら気がついた。

今になって考えてみれば、翔太と二人で遊ぶときは決まって外か俺の家に来るかの二択だったし、何度か翔太の家に行くみたいな話をしたときは、何かにつけて断られていたような気がする。

まあ、俺は遊ぶ場所なんてどこでもよかったし、特に翔太の家に行きたいという願望もなかったから、そんなこと意識もしてこなかったけど、今考えてみると確かに行ったことがない。

なんで俺がそんな話をするかというと、それは今日の三時間目の後の休み時間に遡る。

「あ、あの……先輩っ」

教室を移動する途中に、たまたま鈴音ちゃんとすれ違った俺は、彼女から呼び止められた。

彼女が学校で俺に話しかけるなんて珍しい。

振り返ると、彼女は胸に音楽の教科書を抱えながらこちらへと駆け寄ってきた。彼女の歩調に合わせてハルカちゃん丈のスカートがゆらゆらと揺れる。

俺の前までやってきた彼女は周りの生徒の視線を気にするように、一度辺りを見回すと、俺の耳元に唇を寄せた。

「せ、先輩その……お話が……」

あー近い近い……。

彼女の吐息のような囁きが鼓膜を震わせて身震いしそうになった。

「ど、どうかしたの？」

「そ、それは……その……」

と、俺を呼んでおいて彼女はそこで何やら言いよどむ。

彼女が耳元で囁いているせいで、俺には彼女の表情は見えないが、彼女の声の震え具合からきっと顔が真っ赤なのは理解できる。

だから、俺は身構えた。

おやおや鈴音ちゃん。きみは公衆の面前で一体何を言い出すつもりだい？

「今日の放課後……私の家に来ませんか？」

彼女が口にしたのはそんな言葉だった。

あ、あれ？　普通だぞ……。

いや、普通に考えて鈴音ちゃんに家に誘われるのはとんでもないことなんだけど『わ、私……今日……穿《は》いてないんです……』ぐらいの覚悟をしていたので、拍子抜けしてしまった……。

ということで、俺は鈴音ちゃんの家に招かれることになり、その時に彼女の家、つまりは翔太の家を訪れるのが初めてだということに気がついた。

放課後、彼女の自宅近くの公園で落ち合った俺たちは、二人で彼女の家へと向かったのだが……俺には気がかりなことがあった。

「翔太にバレたらまずくないか？」

何せあのシスコン野郎のことだ。俺が彼女の家を訪れたなんて知ったら、明日駅のホームから突き落とされたとしても驚かん……。

が、心配する俺に鈴音ちゃんはクスリと笑う。

「安心してください……。お兄ちゃんは今日予備校なので、夜まで帰ってきません」

「なるほど……」

そのあたりの抜かりはないようだ。

と、そこで足を止める。

「ここです……」

そう言って彼女が指さしたのはごくごく一般的な一軒家。

そういや翔太ってこんな家に住んでたっけ？

うっすらとした記憶を蘇《よみがえ》らせながら一軒家を見上げていると、鈴音ちゃんが門を開けて手招きしてきたのでついていく。

彼女はカバンから猫のキーホルダーのついた鍵を取り出すと、ドアの鍵を開けた。

そこに現れたのは、これまたごくごく一般的な一軒家の玄関。

「た、ただいま……」

そう言って家に入る鈴音ちゃん。

なんというか……他人の家に入るのは妙に緊張する。自分の家とは違う独特の匂いを感じながら家にお邪魔すると、そこには見覚えのないスーツ姿の綺麗《きれい》なお姉さんの姿があった。

だ、誰だ。この綺麗なお姉さんは……。

そのスーツのお姉さんはどこかに出かけようとしているのだろうか、イヤリングをつけていたが、俺の姿に気がつき「あら？」とこちらを向いて首を傾げた。

「鈴音ちゃんが男の子を連れてくるなんてめずらしいわね」

笑みを浮かべるお姉さん。

美人だ……。

そして、その笑顔はあまりにも鈴音ちゃんの笑顔とよく似ていた。

鈴音ちゃんの……お姉さん？

ん？　でも待てよ……鈴音ちゃん……というか翔太にお姉さんがいるなんて話は聞いたことがないぞ？

「この人が、前に話した先輩だよ」

と、首を傾げる俺をおいて、鈴音ちゃんがお姉さんに俺を紹介した。

お姉さんはしばらく首を傾げていたが「ああっ⁉」と何かに思い当たったかのように目を見開いた。

「もしかして、あなたがこののん先生？」

「え？　あ、ああそうです……」

あまりに自然にお姉さんがそう尋ねるものだから、とっさにそう答えた。

ん？　ちょっと待てよ……なんでこの人、俺のペンネーム知ってんだ……っておいっ‼

おい、なんで知ってんだよっ‼

「ちょ、ちょっと待ってくださいっ‼」

「あら？　どうかしたかしら？」

いやいや、逆になんで、そんな普通の顔ができるんですかっ⁉

なんでだ？　なんで彼女が俺の官能小説家としての名義を知っているんだ。俺が玄関で一人青ざめた顔をしていると「せ、先輩……」と鈴音ちゃんが俺を呼ぶ。

「先輩……ごめんなさい……」

と、鈴音ちゃんが俺に深々と頭を下げる。

え？　これ、どういう状況？

「数日前にうっかりソファで先輩の小説を表示したまま眠ってしまって……その、小説をママに見られちゃったんです……。それで私、恥ずかしくなって、つい先輩の小説だから応援するために読んだって話しちゃって……」

鈴音ちゃんは申し訳なさそうに事情を説明する。

なるほど……と、俺は納得しそうになった。が、彼女の言葉にとんでもないワードが含まれている気がするぞ。

「鈴音ちゃん……今、ママって聞こえたんだけど……」

「はい……言いましたが……」

おいおいちょっと待て……嘘だろ。おいっ!!

我が目を疑った。ちょっと待て……ママってなんだよ鈴音ちゃん。

俺は女性を見やった。女性は相変わらずにこにこと微笑みながら、俺と鈴音ちゃんを交互に見やっていた。そのグラマラスな女性は何をどう見ても二十代にしか見えない。

「す、鈴音ちゃん、聞いてもいい？」

「はい……」

「鈴音ちゃんってお姉さんのことママって呼ぶの？」

「わ、私……お姉ちゃんはいませんが……」

「ほう……じゃ、じゃあこの人はきみのなんなんだい？」

「は、母ですが……。あれっ？　先輩……会ったことありませんでしたっけ？」

と、さも当たり前のようにそう答える鈴音ちゃん。

「い、いや……ないけど……」

や、やばい……ここの家に入ってから色々と情報量が多すぎて頭がついてこない……。

と、そこで鈴音ちゃんのお姉さん改め鈴音母はクスッと笑うと、俺のもとへと歩み寄ってくる。そして、玄関よりも一段高い廊下で膝に手をつくと、顔を突き出して俺をまじまじと眺めた。

「あらあら、私のことを鈴音ちゃんのお姉ちゃんだって勘違いしちゃったの？」

「え？　ま、まぁ……」

「嬉しい勘違いしてくれてるわね。でも残念、この可愛い可愛い鈴音ちゃんのママだよ〜。私のことはママとでも呼び捨てで鈴葉《すずは》とでも呼んでね」

いや、なんでその二択しかないんですか……。

「小説、読ませてもらったわよ。こののん先生っ」

「え？　は、はあっ⁉」

ああ、だめだ頭が追いつかん……。

よ、読んだってなんすか……。読んだって……。

「こんなに純朴そうな男の子が頭の中であんなにエッチな妄想してるなんて……クスッ……やっぱり男の子って、みんなそうなのね」

そう言って鈴音母は俺の頬を指先でつついた。

あ、やばい……。

そんな大人の女性からの母性本能ドバドバッツン攻撃を食らって昇天しそうになっていると、彼女は不意に悪戯な笑みを浮かべた。

「あのハルカちゃんって女の子……鈴音ちゃんでしょ」

「え？　い、いや……それはその……」

いや、答えられるわけねえだろ。

はい、あなたの娘をモデルに官能小説書いてますとか言える度胸があるなら、俺はもっと大物になってるさ。

「す、すみません……俺、今ここで死んだほうがいいでしょうか？」

が、そんな俺の自殺宣言に鈴音母は首を傾げる。

「どうして謝るの？」

「いや、だって……」

あんたの娘と息子を小説で近親相姦《きんしんそうかん》させてんだぞ？

「別に本名を使っているわけでもないんだし、いいんじゃないかしら？　現実と創作は別物よ？」

「は、はぁ……」

なんだかよくわからないけど、俺は鈴音ちゃんを官能小説に登場させることを彼女の実の母から公認された。

「こののんくんって案外うぶなのね。可愛い……」

そんな彼女に俺の体は完全に硬直してしまい身動きが取れない。

それからもしばらく俺の頬をツンツンしていた鈴音母だったが、ハッとしたように腕時計を見やった。

「あら、いけない……そろそろ行かなくちゃね」

と、腕時計を見やると慌ててハイヒールに足を入れて、ドアを開けた。

た、助かった……。

俺はようやくホッと胸を撫で下ろした。が、家を出ようとした鈴音母はふとこちらを振り返った。そんな彼女を呆然と眺めていると、彼女は俺に近寄ってくる。

そして、

「鈴音ちゃんをよろしくねっ」

そう言うと、あろうことか両手を俺のほうへと伸ばすと、俺の首に腕を回して、自分の胸元へと引き寄せた。

「ふんがっ……」

突然、頬が柔らかい感触に包まれる。

な、なんだこの幸せな感触は……そして……デカい……。

鈴音母は俺を胸に抱きしめたまま、よしよしと俺の頭をなでなでする。

なでなではマズい……。

今なでなでを我慢している俺にとって、お母さまのそのなでなでぶっ刺さってます。

が、そんなことを鈴音母が知る由もなく、なんの躊躇《ためら》いもなくなでなでしてくる。

「こののんくんは鈴音ちゃんからこんな風になでなでされるのが好きなのかな？　小説の中ではいっぱいなでなでしてもらってるもんね？」

しかも結構最新話まで読んでるし、この人……。

と、突然のなでなで攻撃と、社交辞令ではなくがっつり俺の小説を読んでいるという事実に、新たな性癖を開拓されそうになる俺。

そんな俺の頭を撫でながら鈴音母は俺に顔を接近させてこう言った。

「だけど小説と現実の区別はつけなきゃだめよ。鈴音ちゃんは初心《うぶ》なんだから、大人にな

るまでは高校生として節度を持ってお付き合いすること」

「いや、あの……」

なんかもう付き合っているみたいな前提で話をされているけど、俺と鈴音ちゃんは付き合っているわけじゃ。

「こののんくんとママとのお約束ね」

が、そんな俺の説明をする前に、鈴音母はそう言って俺の頬をつんつんとつついた。

俺、マザコンになっちゃいそう……。

ということで、鈴音母はすっかり俺が鈴音ちゃんの彼氏だと勘違いしているようで、そう俺に忠告すると「じゃあまたね」と家を出て行った。

「………」

なんというか嵐のような一時《ひととき》だった。その圧倒的オーラに、俺はしばらく閉まったドアを呆然と眺めることしかできない。

そんな俺の背後で鈴音ちゃんは「ママのバカ……」と小さく呟いた。


というわけで鈴音母との初顔合わせが終わったところで、俺は鈴音ちゃんの部屋へと案内された。

こんなことを言ったら鈴音ちゃんに失礼かもしれないけど、なんというか鈴音ちゃんの部屋は普通の女の子の部屋だった。

薄ピンク色が好きだと彼女が言ってた通り、カーテンやベッドのシーツなどは薄ピンク色で統一されており、簡素な深雪の部屋とは大違いだ。

あと、なんかいい匂いがする……。

勉強机を見やる。そこにはスティック型の芳香剤が置かれており、どうやらいい匂いはこれが原因のようだ。

「紅茶を淹《い》れてくるので、この部屋でしばらくお利口さんにしていてくださいね」

と、鈴音ちゃんに言われた俺は部屋中央の小さなテーブルの前に座りお利口さんにする。

深雪を除き、女の子の部屋に入ることなど初めての俺にとって、この部屋は落ち着かなかった。

そわそわしながらテーブルの前で正座して、視線をきょろきょろさせていると、ふと本棚に目がいく。

「あっ……」

そこにはブックカバーのない東南アジアや中央アジアの文化の本がいくつも並んでいた。

どうやら鈴音チンギスハンの犠牲になった本来本体のはずの抜け殻たちのようだ。

いくつも並んだ文化の本を眺めながら、ここが確かに変態皇帝鈴音ちゃんの部屋だということを再認識する。

それにしても……。

さっきからここでお利口さんにしている俺だが、なかなか鈴音ちゃんが帰ってこない。

もう一五分ぐらい経つよな……。

なんて考えているとコンコンと部屋がノックされたのでドアのほうへと顔を向けると、そこには鈴音ちゃんの姿があった……のだが。

「す、鈴音ちゃんっ⁉」

なぜだか俺の前に姿を現した鈴音ちゃんは、さっき母親が着ていたものと同じスーツを身にまとっていた。

え？　どういうこと？

「こののんくん、いらっしゃい」

「こ、こののんくんっ⁉」

ねえ、どういうことっ⁉

愕然とする俺に、鈴音ちゃんはぽっと頬を赤くして俺から顔を背けた。

「ど、どうですか？　ちょっとママみたいだと思いませんか？」

なるほど……鈴音ちゃんは鈴音ママになったらしい。

シルエットのよくわかる少しタイトなジャケットと、その中に覗く胸元の窮屈そうな白いブラウス。そして、スリットの入ったタイトなスカートからはストッキング越しに太腿が顔を覗かせている。

鈴音ちゃんからはいつもとは違うちょっぴり大人の色気を感じた。

それはそうと……。

「す、鈴音ちゃん……なんでスーツなんか着てるの？」

根本的な質問を投げかけてみると、彼女は相変わらず頬を赤らめながら視線だけを俺に向けた。

「先輩は年上の女性は好きですか？」

「え？　いや別にそんなことは――」

「でも、さっき先輩はママからなでなでされてたとき、すごく嬉しそうな顔をしていました。なでなでは先輩が一位を取るまでお預けにしてたのに……」

「いや、あれは俺の意志ではないというかなんというか」

「せ、先輩が悪くないのはわかっています……。ですが、私、ちょっぴり嫉妬しました。私のなでなでが先輩にとっての一番のご褒美だと思っていたので……」

なるほど……鈴音ちゃんは俺の性癖を全て自分の手で引き出したいようだ。

どこまでも俺の性癖にストイックな鈴音ちゃんにとって、俺が鈴音母になでなでされて嬉しかったという事実は受け入れがたいらしい。

「た、確かに私にはママみたいな大人の魅力はまだないかもしれません。ですが、少しでもママみたいな大人の女性に近づけるように頑張ります」

そう宣言すると、鈴音ちゃんは俺のもとへと歩み寄ってくる。

あと今、気がついた。なぜか鈴音ちゃんの右手には哺乳瓶、左手には赤ちゃんをあやすためのガラガラが握られている。

いや、なんで……。

「鈴音ちゃん、紅茶を淹れに行ったんじゃなかったっけ？」

少なくとも僕はそう聞いています。

「はい、前に先輩が美味しいって言ってくれたアールグレイの紅茶を淹れてきました……哺乳瓶に」

「いや、なんで哺乳瓶に……」

「先輩もこっちのほうが喜んでくれると思ったので……」

「なんでこっちのほうが喜ぶと思ったの……」

そんなやり取りをしている間に鈴音ちゃんは俺のすぐそばに腰を下ろす。

女の子座りをした彼女は、なにやら悪戯な笑みを浮かべると俺の顔を覗き込んできた。

あー顔近い……。

「く、口ではそんなことを言ってますが、本当は年下の女の子にバブバブさせられるの……好きなんじゃないですか？」

「…………」

俺は何も答えられなかった。

なぜだ……なぜ俺は即座に否定できないんだっ!!

「先輩……頬が真っ赤ですよ？」

「…………」

「先輩……もっと素直になってもいいんですよ？　それに、これからハルカの母も小説に登場する予定ですし、こういう経験はきっと小説の役に立つと思います」

「そ、そんな予定は初耳ですが……」

「わ、私、思ったんです。確かに遼太郎とハルカのシーンは読者からのウケはいいですが、ハルカには大人の魅力が少し足りません。ですから、ハルカの母を登場させて母性でドMの読者さんの心を掴みましょう」

「な、なるほど……」

これは、あくまで鈴音ちゃんが俺の小説を、よりよくするためにやってくれていることらしい。

つまり俺は建前を手に入れたということだ。

俺は別に年下の女の子に赤ちゃん扱いをされて喜ぶような変態ではない。あくまで小説の参考にするために、しぶしぶ赤ちゃんプレイに手を出したということにすればいい。

そうだ。俺はあくまで小説のためにやるだけだ。

「こののんくん、ミルクのお時間ですよ～」

「ばぶぅ……」

そうとわかれば心置きなく鈴音ママの赤ちゃんになれるっ!!

笑顔で返事をすると、鈴音ちゃんはわずかに空いた俺の口に哺乳瓶の先端を突っ込んできた。

「は～いこののんくん、ママのおっぱいを飲んで、すくすく育ちましょうね？」

あーなんだろう。よくわからないけど凄くいけないことをしている気分になる。

でも悪くないよ。この感覚……。

哺乳瓶には彼女の言う通りアールグレイの紅茶が入っていた。しかも俺が火傷《やけど》しないようにいい感じに冷ましてある。

無我夢中で哺乳瓶をちゅぱちゅぱする俺に鈴音ちゃんは大変ご満足だったようで、にんまりと笑みを浮かべて俺を見つめていた。

「こののんくん、この哺乳瓶は鈴音ちゃんが赤ちゃんのときに使っていたものだよ～。時空を超えた間接キスですよ～」

「ばぶっ!?　ばぶばぶばぶばぶぅっ!!」

時空を超えた間接キスに俺は、翔太のおさがりではないことを心から願いながら哺乳瓶

にしゃぶりつく。

「うふふっ!! こののんくんったら、本当にママのおっぱい大好きなのね〜」

気がつくと哺乳瓶の紅茶は空になっていた。そして、空になったところで鈴音ちゃんは俺の口から哺乳瓶をちゅぽんっと引き抜くとテーブルの上に置いた。

そして、今度はポケットからおしゃぶりを取り出すと、それを哺乳瓶の代わりに俺の口に突っ込む。

「ちゅぱちゅぱ……ま、ママ……これも鈴音ちゃんのおさがりでちゅか？」

「え？ こ、これはパパの趣味——い、いや、これも鈴音ちゃんのおさがりですよ〜」

おい、パパの趣味ってなんだっ⁉

今、とんでもねえ水無月家の闇が暴かれそうになったぞっ⁉

が、鈴音ちゃんはひきつった笑みを浮かべたまま「は〜い、深入りはしちゃだめですよ〜。こののんくんはまだ赤ん坊なんだから」と華麗にスルーしてきた。

い、今のはなかったことにしよう……。

そう自分に言い聞かせて必死に「ばぶぅ」と何も知らない赤ちゃんを演じることにした。

「な、なんだかちょっと暑くなってきました……」

と、そこで鈴音ちゃんはジャケットのボタンを外すと、ジャケットを脱いで床に置いた。

その結果、鈴音ちゃんはブラウス一枚になったのだが……。

「ば、ばぶっ⁉」

なんというか鈴音ちゃんの身に着けたブラウスは俺が想像していた以上に薄手だ……。

その結果、ブラウス越しに鈴音ちゃんの薄ピンク色のブラが見えてしまっている。

さらに恐ろしいことに、鈴音ちゃんがブラウスのボタンを上から三番目まで外すものだから、彼女の豊満な谷間が顔を覗かせておる……。

見ちゃいけないのはわかっていても、そのあまりにも刺激の強い光景に俺の視線は彼女の谷間に釘付《くぎづ》けになってしまった。

「はわわっ……」

と、そこで鈴音ちゃんが俺の視線に気がつき、胸元を手で隠した。

自分でこんなことをしておきながら、いざ俺の視線に恥ずかしくなってしまう鈴音ちゃん。さらにはその華奢《きゃしゃ》な手では隠しきれていないスケスケで豊満な胸。

それらの要素がシナジーを起こして、俺の脳内でドーパミンがどくどくと流れ出す。

鈴音ちゃん……すごいっす……。

しばらく恥じらうように胸元を隠していた鈴音ちゃんだったが、ゆっくりと胸から手を離すと俺を見つめた。

「こ、こののんくんはまだ赤ちゃんだから、ママのおっぱい見てもえっちな気持ちにならないよね？」

「ばぶぅ」

優しい嘘。

俺の返事にようやく気持ちを切り替えた鈴音ちゃんはガラガラを俺の前に掲げた。

「じゃ、じゃあこののんくん……ハイハイの練習しましょうね？」

そう言ってガラガラを振る。そして、女の子座りから足を床に立ててしゃがみ込むと
「じゃ、じゃあこのガラガラを目指して頑張ってハイハイしようね」と頬を真っ赤にしたまま口角を上げた。

「ば、ばぶっ⁉」

が、そんな鈴音ママの姿勢が俺にさらなるドーパミンをどぴゅどぴゅ放出させる。

そ、その恰好はやばい……。

さっきも言ったが鈴音ちゃんはスリット入りのタイトなスカートを穿いている。

そんな鈴音ちゃんがしゃがめば、スカートの中の太腿がもろに俺の視界に入るわけで、あとほんの少し顔を下げればおそらく薄ピンク色であろう鈴音ちゃんのパンツが見えてしまいそうだ。

あー顔下げたい。

そんな願望に生唾を飲み込むと、鈴音ちゃんが俺の顎に手を当てて強引に俺の顔をガラガラへと向けた。

「こ、こ、こののんくんはまだ赤ちゃんなんだから、ガラガラを見ましょうね……」

そんな鈴音ちゃんの表情を見た俺は確信する。

鈴音ちゃんが凄く頑張ってくれている……。

いくら鈴音ちゃんがド変態だからといって、年上の男の子を赤ちゃん扱いをするなんて恥ずかしいに違いない。それでも彼女は恥を忍んでここまで身を粉にして頑張ってくれているのだ。

なんて優しい女の子なんだ……。

そのことを理解した今、俺は粉骨砕身、赤ちゃんになりきって小説の糧としなれければならない。

恥じらいなんて持ってはいけないのだ。

全力でハイハイを頑張らなければっ!!

決意を決めた俺は鈴音ちゃんの前で手足を床についた。

「ばぶっ!!」

と鈴音ちゃんの顔を見上げて頷くと鈴音ちゃんもまた決意するようにコクリと頷いた。

「は〜い、じゃあこののんくん。大好きなガラガラに向かってハイハイしましょうね？」

そう言って、しゃがんだまま器用に後ろに歩いていく鈴音ちゃんに向かってハイハイを始める。

「こののんくん。えらいえらいっ‼」

「ばぶぅっ‼　ばぶぅっ‼　ばぶばぶばぶぅっ‼」

客観的に見て今の自分の姿がどう見えているかとか、そんなことはもうどうでもいい。

俺は鈴音ママの赤ん坊なのだっ‼

考えるな竜太郎。感じるんだっ‼

とにかく恥というものを捨てて、大好きな鈴音ママに向かって全力ハイハイをかます。

鈴音ちゃんの八畳ほどの部屋を何周も何周もハイハイして回る。

そして、もう何周したかわからないぐらいにハイハイに興じたところで鈴音ママは足を止めた。

無我夢中でハイハイを続けた俺だったが、鈴音ちゃんのほうもすっかりママモードになったようで、目をとろんとさせながら愛する息子を見つめた。

「は〜いこののんくん、えらいえらいっ。その可愛い顔をママにいっぱい見せて〜」

「ばぶぅばぶぅ」

ということで鈴音ママに最高の笑顔を俺は見せてあげた。

すると鈴音ママはニコニコ顔で俺を見つめながら首を傾げた。

「こののんくん……こののんくんは今、どんな気持ちかな？」

「ばぶぅばぶぅ最高でちゅ。ばぶぅ」

「そっかそっか。このの のんくんは今最高なんだね」

「ばぶぅっ!!」

「じゃあ可愛いこのの のんくんにもう一つ質問してみようかな～」

そう言って鈴音ちゃんは相変わらず笑顔を向ける。

どんとこいっ!!　今無敵状態の俺はなんだって答えられるぞっ!!

「先輩は年下の女の子の前でおしゃぶり咥えてバブバブ言うのが、そんなに楽しいんですか？」

鈴音ママは冷めきった声でそう俺に尋ねた。

「…………」

「先輩、聞こえなかったですか？　年下の女の子の前でこんな恰好して恥ずかしくないいんですか？」

「…………」

あ、やばい流れかも……。

鈴音ちゃんのそんな冷めきった質問によって、俺の脳内バブバブゲージが急速に下落していくのを肌で感じる……。

やめて鈴音ちゃん……。今の俺は夢の世界の住人なんでちゅ……。

そんな風に急に俺を現実へと引き戻すのは止めてほしいでちゅよ……ばぶぅ……。

が、鈴音ちゃんは残酷にもポケットから手鏡を取り出すと俺へと向けた。

鏡を見やると、そこにはおしゃぶりを咥えながら恍惚《こうこつ》とする陰キャ男子高校生が映っていた。

口からおしゃぶりがポトリと落ちる。

ぬおおおおおおおおおおおおおおおっ!!

殺してくれえええええええええええっ!!

羞恥心と自己嫌悪が最高潮に達した俺は、その場でのたうち回る。鈴音ちゃんはしゃがみ込むとそんな俺を冷静に眺めていた。

「ホント先輩は変態さんですね……」

「鈴音ママ……」

「私はママじゃないですよ。ただの後輩ですよ……」

そしてこのマジレスである……。

「鈴音ちゃん……俺を……俺を殺してくれ……」

頼む。せめて、鈴音ちゃんの手で俺の息の根を止めてくれ。これ以上、俺に生き恥を晒《さら》させないでくれ……。

訴えるような目で鈴音ちゃんを見上げた。

するとさっきまで冷めた目で俺を見つめていたはずの鈴音ちゃんの頬がぽっと赤くなる。

「せ、先輩はどうしてそんな風に苦しそうな顔をするんですか？」

「いや、だって……」

「確かに私は先輩のこと変態さんだって言いました。だけど、私、先輩のこと嫌いになったり軽蔑したりしませんよ？」

「え？」

「私はあくまで先輩の小説がうまくいくように、先輩の性癖を引き出しているだけです。あんな風に冷たいことは言いましたが、先輩のそういう変態さんなところ私は好きですよ」

「す、鈴音ちゃん……」

あ、あれ……さっきまで悪魔のように見えた鈴音ちゃんが急に天使みたいに見えてきたぞ……。

気がつくと俺の瞳にはうっすらと涙が浮かんでいた。

「先輩、ランキングの一位になったらいっぱいなでなでしてあげますので、それまではいっぱい変態さんになって頑張りましょうね……」

そう言って俺の瞳から流れる涙を鈴音ちゃんはハンカチで優しく拭ってくれた。

涙を拭われながら俺は思った。

落とされて上げられて結局、手懐《てなず》けられている。

やっぱり俺には鈴音ちゃんに抗《あらが》うことなんてできないようだ……。

結局、そのあとも鈴音ちゃんからいっぱい性癖を引き出してもらうことになった。

二回戦、三回戦と変態プレイが進むごとにプレイ内容も過激になっていく。

そして夕方を迎えるころには俺も鈴音ちゃんも変態のピークを迎えて、もはや自分が何をやっているのかもわからなくなった。

水鉄砲を握る俺と、床に敷かれたピクニック用の敷物に女の子座りする鈴音ちゃん。

トリガーを引くと銃口からはぴゅっぴゅっと水が飛び出して、鈴音ちゃんの身に着けたブラウスをびしょびしょにしていく。

当然ながらブラウスが濡《ぬ》れれば濡れるほど薄ピンク色のブラがはっきりと見えてきた。

「せ、先輩……これ……凄いです……。こんなこと続けてたら、私……頭が変になっちゃいそうです……」

安心しろ……俺はとっくに頭がおかしくなっている自覚がある。

西日が地平線に沈みかけている午後六時。

俺は鈴音ちゃんに水鉄砲を撃ち続けていた。

「せ、先輩……もうやめてください……恥ずかしいです……」

と、必死に両手で胸を隠しながら頬を赤らめる鈴音ちゃん。

なんかすげえ悪いことをしている気がする。だけど、これをやれと言ったのは鈴音ちゃんのほうだということは俺の名誉のために言っておこう。

その証拠に。

「ごめん、やめようか？」

と尋ねると、

「や、やめないで……」

と返ってくる。

俺……何やってんだろ……。

どんどん水鉄砲でびしょびしょになっていく鈴音ちゃんを眺めながら、ふと我に返って
しまいそうなのを必死に頭を振って我慢していた。

それはそうと……。

「す、鈴音ちゃん……聞いてもいい？」

「なんですか？」

「なんかこの水……ぬるぬるしている気がするんだけど……」

一発目を発射したときからうすうす気がついていたけど、鉄砲から発射される水に妙に
粘り気があるというか、水にしてはトリガーに手ごたえがありすぎるのだ。

銃口からどぴゅどぴゅ発射される液体を眺めながら俺は尋ねる。

そんな質問に鈴音ちゃんは頬を赤らめて俺から顔を背けた。

「普通の水だと面白くなかったので、少し片栗粉《かたくりこ》をお湯に溶かしてみました……」

「なんで……」

「なんかとろとろしていたほうが、いやらしいと思って……」

確かにいやらしいけどさ……。

なんかとろとろしているせいで罪悪感がやばいのよ……。汚しちゃいけないものを汚しているような気がしてやばいのよ……。

お父さん、お母さん、ごめんなさい。

竜太郎は後戻りできないところまで来てしまったみたいです……。

「本当にこんなことして大丈夫なの？　お母さんに怒られるんじゃ……」

「明日、こっそりクリーニングに出しておくので大丈夫です……。いっぱい汚してくださ い……」

「そ、そう……」

ということで鈴音ちゃんの言われるがままに、ぬるぬる水鉄砲を発射し続けていく。

一通りブラウスがびしょびしょになったところで、鈴音ちゃんが無言でスカートを指さした。

次はスカートとストッキングを狙えということらしい。

びゅっ!!　びゅっ!!

「や、やだ……汚い……」

と、スカートとストッキングがぬるぬる液で汚されるのを眺めながら、鈴音ちゃんが身を捩る。

悲しそうに『これ以上私を汚さないで』と目で訴えてくるが、その瞳の奥からはそれ以上の喜びを感じる。

水鉄砲という子どものおもちゃはすっかり大人のおもちゃとなり果てていた。

水鉄砲よ……すまん……。

心を無にしてお洋服にまんべんなくぬるぬる液を付着させていく俺だったが——。

「あっ……」

拳銃から滴り落ちてきたぬるぬるのせいで手元が狂った。

銃口が上に向いたせいで、ぬるぬるの液体は俺の想定よりも上に飛んでしまう。

その結果……。

「きゃっ⁉」

俺の発射したぬるぬる液はあろうことか鈴音ちゃんの頬にヒットした。

あーやっちまった……。

鈴音ちゃんの頬をぬるぬる液が滴るのを眺めながら、自分がとんでもないことをしてしまったことに恐《おそ》れ戦《おのの》いた。

片眼を瞑って「や、やだ……」と頰の液を拭う鈴音ちゃん。

「ご、ごめんっ!!」

俺は水鉄砲を放り投げると、鈴音ちゃんの足元で土下座した。

「ごめん……お、俺はなんてことを……」

鈴音ちゃんの綺麗なご尊顔を汚してしまった。そのあまりの罪悪感に頭を床にこすりつけながら謝罪する。

「ど、どうして謝るんですか?」

「とにかくごめん……」

「あ、謝らないでください。やれと言ったのは私ですし……」

「いや謝らせてくれ……」

謝らないと俺の自制心がなくなってしまう……。

ということでしばらく鈴音ちゃんに謝罪をしてからようやく頭を上げた。

そして、

「す、鈴音ちゃん……そろそろ休憩しようか……」

これ以上こんなことを続けていたら、本当に俺は引き返せなくなるような気がした。そんな提案に彼女もようやく我に返ったのか、恥ずかしそうに俺から顔を背けて「そ、そうですね……」と答えた。

「…………」

「…………」

今日だけでもう何度目かわからない賢者タイム。

さっきまであんなにエキサイトしていた分、終わった後の虚無感が凄い……。

「せ、先輩……」

と、そこで鈴音ちゃんが俺を呼んだ。彼女を見やると、彼女は頬を染めながら俺を見つめていた。

「そ、その……先輩は次回からハルカちゃんのデートの回を書く予定ですよね？」

「え？　あ、あぁ……そうだけど、それがどうかしたのか？」

唐突にデート回の話をしだす鈴音ちゃんに俺は首を傾げる。

そんな俺に彼女はさらに頬を赤く染めた。そして、彼女は何かを言いあぐねているように、胸に両手を押し当てながら、なにやらそわそわする。

そして、しばらくそわそわしたあと、何やら勇気を振り絞るように口を開いた。

「も、もしも先輩がよろしいのであれば……来週の日曜日に私とデートをしませんか？」

「で、デートっ⁉」

「デートというのはあくまで先輩の小説のお役に立てるかと思って提案しただけで、その……先輩が嫌であれば、無理には……」

と、少し動揺したように目をキョロキョロさせる鈴音ちゃん。

もちろん嫌なはずなんてない。嫌なはずあるものか。だって鈴音ちゃんだぞ？　学園のアイドル水無月鈴音ちゃんが官能小説のためとはいえデートに誘ってくれているのだ。その誘いを断る理由なんて、あるはずがない。

けど、そう提案する彼女だったが、気がかりなことがあった。

「翔太は大丈夫なのか？」

「お、お兄ちゃん……ですか？」

「ここのところ鈴音ちゃん、俺と会うときは深雪と遊ぶって言い訳してくれてるみたいだけど、さすがにこうも何度も会っていたら翔太に怪しまれるような気がするんだよ」

俺の心配はそこだけだ。どうやら鈴音ちゃんが俺と会うときに深雪の名前を使っていることは、深雪自身も知っているようだ。

妹も仮に翔太から何か言われたときは口裏を合わせることになっているらしいのだが、元々鈴音ちゃんと深雪は高校も違うし、今は週に一回ぐらいしか遊ばないのだ。それが週に何度も遊んでるとなると翔太が怪しむような気がしたのだ。

「そ、それは……」

と、鈴音ちゃんもまた俺と同じ危惧をしているようで、返答に困っていた。

そんな彼女を見て、俺はふと疑問を抱いた。

「なあ、鈴音ちゃん、翔太はいつからあんな重度のシスコンを拗らせたんだ？　まあ確かにあいつのシスコンっぷりは中学のときに多少あった気もするけど、ここまでひどくはなかった気がするんだ」

特に去年あたりから極端に鈴音ちゃんを監視したり、必要以上に俺の前で鈴音ちゃんの話をするようになった気がする。

「え、ええ？」

そんな素朴な疑問を口にした俺だったが、鈴音ちゃんは少し驚いたように首を傾げた。

あ、あれ？　俺、なんか変な質問したっけ……。

「せ、先輩は……その……気づいていないんですか？」

「は、はあ？」

「い、いえ……その……」

と、曖昧な返事をする鈴音ちゃん。そんな彼女に俺の疑問はさらに膨らむ。が、俺には全く心当たりはない。

「そ、その……先輩……これはあくまで私の推測なのですが……」

と、前置きをして彼女は一度、言葉を切った。

そして、

「お兄ちゃんのシスコンが重症になったのは、先輩の小説の連載が始まってからだと思います……」

「はあっ⁉」

その衝撃的な言葉に俺は目を見開いた。

おいおい、ちょっと待てよ……嘘だろ……。

「わ、私も初めは急にお兄ちゃんが、監視をしたり、少し高圧的に接するようになったのに驚いていたのですが、私も先輩の小説を読むようになって、先輩の連載の初投稿の日を見て気づきました……」

ちょっと待てよ。お、俺が連載を始めたのって確か、去年の夏ぐらいだよな……。でもってあいつが鈴音ちゃんの自慢をするようになったのって……ああっ⁉

俺は頭を抱える。

その時期はぴったりと符合しやがった。

「ご、ごめん、鈴音ちゃん……俺はとんでもないことを……」

気づかないうちに、親友の変態トロフィーを出してたなんて……。

あぁやばい……ゲロ吐きそう……。

頭を抱えて蹲《うずくま》る俺。俺は近しい人間を官能小説のモデルにしたことを心の底から後悔した。

「先輩……そんなに落ち込まないでください……。少なくとも私は先輩の小説のおかげで自分がこんなにえっちな女の子だったんだって、気づくことができましたし……」

　いや、それに関してもごめんとしか言えないわ……。

「私にひとつ提案があるのですが……」

と、そこで鈴音ちゃんがそんなことを言うので顔を上げる。

「て、提案？」

「は、はい……おそらくですが、それは先輩にしかできないことで、それでいてもっとも効果的な方法だと思います……」

「そ、そんな方法あるのか？」

　彼女は小さく頷いた。

　そして、彼女は作戦の全容を話し始めた。

第三章　もう俺には普通のデートがなんなのかわからない

鈴音《すずね》ちゃんの話した作戦とは、簡単に言うと小説を改稿することだった。

いや、ホント簡単に言ってくれたわ……。

ホントに終わるのかこれ……。

俺がこれまで執筆してきたものを短期間で全て書き換えるというのが、鈴音ちゃんの提案した作戦である。

では具体的にどのように改稿するのか。

それは作品のヒロインであるハルカちゃんと兄の性癖を逆転させる。

そもそも翔太《しょうた》は俺の小説のせいであんな風になってしまったのだ。俺の小説内でハルカの兄がドSぶりを発揮したせいで、翔太自身も鈴音ちゃんを束縛するようになった。

ということは逆にハルカの兄をドMにしてやれば、理論上は翔太もドMになり鈴音ちゃんを束縛したりすることはなくなるはずだ。

それが鈴音ちゃんの作戦だった。

正直なところ、俺はそんなことで簡単に問題が解決するとは思えなかった。それに翔太が今も引き続き俺の小説を読んでいるなんて保証はないのだ。

だが、そんな俺の疑問に鈴音ちゃんは『お兄ちゃんは、確実にまだ読んでいます』と断言した。そこまで断言できる理由は俺にはわからないが、とにかくそうらしい。

まあ何はともあれ鈴音ちゃんがそう言うならば、俺にはやる以外の選択肢はない。

現にこれまでも鈴音ちゃんのアドバイスは的確だった。ランキングを上げることができたのだって鈴音ちゃんのおかげだと言っても過言ではない。

だったら乗るしかないよな。

かなりの重労働ではあるけど、短期間で全編改稿を成し遂げるしかない。

ということで自宅へと戻った俺はさっそくノートパソコンを開くと、コツコツと改稿を続けていく。

が、どうしても俺は机に置かれた紙袋が気になって仕方がなかった。

有名アパレルメーカーのロゴの入った紙袋。その中に入っているもの。それは鈴音ちゃんの制服だ。

実はさっき鈴音ちゃんの家を出るときに玄関で彼女から渡されたのだ。

「きっと何かのお役に立てると思います……」

そう言われて紙袋を手渡された俺は、中身を確認して度肝を抜かれた。

「鈴音ちゃん、これって……」

「ご安心ください。洗い替えがもう一着あるので」

「いや、そういうことじゃなくて……」

「え？　あ、ごめんなさい。ちゃんと脱ぎたてです」

「だから、そういうことじゃなくて……」

なぜこんな物を渡されたのかを俺は尋ねたかったのだが、鈴音ちゃんとの会話が一切嚙《か》み合《あ》わない。

困惑する俺だったが、そんな俺に彼女は近寄るとこう囁《ささや》いた。

「ホントは知ってますよね？　私が脱ぎたての制服を先輩に渡す理由……」

やっぱり俺は彼女に全てを見抜かれていたようだ。ついでに俺は彼女から制服の用途を口にさせられた。

「わ、わたくし金《かな》衛《え》竜《りゅう》太《た》郎《ろう》は水《み》無《な》月《づき》鈴音ちゃんの制服を持ち帰って、眺めたり、匂いを嗅いだりして創作の参考にいたします……」

「はい、よく言えました。先輩、頑張ってくださいね。私にはこの程度のお手伝いしかできませんが、陰ながら応援しています」

そして、今に至る。

つまり俺は鈴音ちゃんから、この制服を汚さない限りどんな使い方をしてもいいと許可を貰《もら》っている。

だけどさ……だけど、抵抗はあるよね。やっぱり……。

いくら鈴音ちゃんからいいよって言われても、女の子の制服を眺めたり匂いを嗅いだりするのは人としてどうかと思う。

創作の参考にしたい気持ちと、一人の善良な人間の理性との狭間でもがき苦しんでいた。

だが、理性はもう限界に近づいていた。幾度となく俺の手が紙袋へと伸びそうになるのを理性が抑えている。が、やっぱり俺の手は紙袋へと伸びていく。

やめろ竜太郎……そんなことをしたら人間として終わるぞ……。

あぁ……ダメだ……。俺の右手が言うことを聞かねえ……。

そして、手が紙袋に触れようとしたそのとき、コンコンと誰かが部屋のノックをしてドアを開けた。

その音に慌てて理性を取り戻した俺は、手を引っ込めてドアを見やった。すると、そこにはお盆を両手に持ったパジャマ姿の深雪《みゆき》の姿があった。

「深雪？」

「お、おにい……入ってもいい？」

そう尋ねる深雪に俺は慌ててノートパソコンを閉じる。そして、深雪は俺の返事を待たずして部屋へと入ってきた。

お盆を持った彼女は俺のもとへとやってくると「おにい、差し入れ」と言って机の上に紅茶と手作りのパウンドケーキを置いた。

「深雪が俺に差し入れ？　珍しいこともあるもんだな」

訝《いぶか》しげに彼女を見上げると彼女は「ま、まあね……」とわずかに頰《ほお》を赤らめて俺から顔を背ける。

「ところでさ……鈴音ちゃんとは順調なの？」

なるほど……。その質問で俺は全てを理解した。どうやらケーキをやるから私に鈴音ちゃんとの関係を教えろということらしい。

だが、当たり前だけど鈴音ちゃんとの関係を赤裸々に話したら、鈴音ちゃんともども深雪からドン引きされるのは間違いない。

「まあ、それなりに仲良くやってるよ。別に友達として仲良くやってるだけだし」

だから、当たり障りのない返事をすると、深雪は不満げにムッと頰を膨らませた。が、不意に机の上に顔を向けて「わぁ〜」と目を輝かせる。

視線の方向へと顔を向けるとそこには例の紙袋が。

あ、これやばいやつだ……。

俺の顔からすっと血の気が引いていくのがわかった。そして深雪ちゃんは「なにこれなにこれっ!?」と興味津々に机のほうへと歩み寄っていくので、俺は立ち上がって彼女の肩を摑《つか》んで制止する。

「おい、なにをやってんだ……」

「なにって、その袋、エルフローレンの袋だよね？　おにいがなんでエルフローレンの紙袋なんか持ってるの？」

「え？　あ、いや、それは……」

「ねえ、それ鈴音ちゃんから貰ったやつでしょ」

そうです。鈴音ちゃんから貰った脱ぎたての制服です……。

そして、この袋の中身を深雪に見られたら、俺も鈴音ちゃんも終わります……。

だが、そんな事情など深雪は知る由もなく、すっかり俺が鈴音ちゃんから高級ブランドをプレゼントされたと勘違いしたようで、目をキラキラさせている。

「ねえ、なにを貰ったのか私にも見せてよ」

と、彼女は強引に紙袋へと手を伸ばそうとした。が、それを必死に制止する。

「なにって、たいしたもんじゃねえよ」

「だってエルフローレンだよ？　もしかして、鈴音ちゃんからお洋服でも貰ったの？　ねえ、見せてってばっ」

「たいしたもんじゃねえって言ってんだろ」

「だったら見せられるよね。鈴音ちゃんがおにいに何をあげたのか気になって夜しか眠れないよ」

このままではマズい。深雪のやつ、袋の中身を見るまであきらめないつもりだ。

傍《はた》から見れば兄妹仲良く相撲でもとっているような光景が広がっていた。

だが実態は地獄絵図だ

なんとかして深雪を諦めさせなければ……。

からっぽの脳みそをフル回転させて彼女を諦めさせる口実を考える俺。

あ、そうだっ!?

「手紙が入ってるんだよっ!!」

そう叫んだ瞬間、深雪の体がぴたりと止まった。彼女は顔を上げるときょとんとした様子で俺を見つめてくる。

「手紙?」

「あぁ……手紙が入ってるんだよ。そんでもってこの間、雨が降ったときに濡《ぬ》れたTシャツを鈴音ちゃんが洗濯して返してくれたんだよ」

と、とにかく口から出まかせを並べると、深雪は「な〜んだ」と何やら嬉《うれ》しそうに笑みを浮かべた。

「鈴音ちゃんからの手紙なら私が読んじゃダメだよね。おにいってば、私が知らないうちにそんなに鈴音ちゃんと仲良くなってたんだ」

そう言って深雪は俺から体を引いた。

なんかとんでもない勘違いをされたような気がしないでもないけど、とにかく危機的状況は脱したようだ。そんな俺の嘘八百《うそはっぴゃく》に納得してくれた深雪はあっさりとドアのほうへと歩いていくと、そこで振り返ってまたニコニコと微笑《ほほえ》む。

「おにい、鈴音ちゃんのこと悲しませたりしちゃだめだよ？」

「え？　そうならないように頑張るよ」

と、完全に勘違いされた俺がそう答えると、彼女は相変わらず微笑んだままこう言った。

「もしも鈴音ちゃんのこと泣かせたら……その場で殺すからな。覚えておけ」

あ、こっわ……。

そんなドスの効いた警告に身を震わせる俺を置いて深雪は部屋を出て行った。


そんなわけで机の上に紙袋を置くのが危険だということにようやく気付いた俺は、クローゼットの中に紙袋を隠して執筆を再開する。

なにせ全編改稿なのだ。一分一秒たりとも無駄な時間はない。

というわけで鈴音さまにいただいた変態トロフィーを胸に、俺は改稿を続けていた。

が、さすがにそうポンポンと新しいアイデアが浮かぶわけでもなく、ノートパソコンと睨《にら》めっこをしたままで一向に原稿が進まない。

少し休憩でもするか。なんて、考えながら椅子から立ち上がろうとしたとき、スマホの着信音が鳴った。

画面を見やると、そこには鈴音ちゃんのアイコンが表示されていたので、通話ボタンをタップする。

「もしもし」

『先輩、執筆お疲れ様です』

可愛《かわい》い声。

『先輩、今はお一人ですか？』

「え？　そうだけど……どうかしたの？」

と、尋ねると受話器の向こうの鈴音ちゃんはしばらく黙り込んだ。

その間に、テーブルの上の冷めた紅茶で喉を潤していると、鈴音ちゃんが再び話し始める。

『制服の匂いはもう嗅ぎましたか？』

口の中の紅茶を全てぶちまけた。

そのコントのようなリアクションに『せ、先輩、大丈夫ですかっ⁉』と心配する鈴音ちゃん。

「だ、大丈夫……」

鈴音ちゃんよ。いきなりアクセル全開過ぎやしないですか……。

ティッシュで濡れたノートパソコンを拭きながらかろうじて返事をする。

『先輩……もう私の制服は手にしていただけましたか？』

「い、いや、まだですが……」

『やっぱり私の脱ぎたての制服なんて……汚くて触れたくないですよね？』

その問いに俺はどう答えるのが正解なのだろう。

触れたくないと言えば鈴音ちゃんを傷つけるし、触れたいと答えるのもそれはそれで変態感が増してしまう。

「なんというかその……俺の部屋は深雪も時々出入りするし、制服を袋から出すにはリスクがあるというか……」

『深雪ちゃんが入ってくるかもしれないって思うと、ドキドキしますよね？』

あーダメだ。全然話が噛み合ってない……。

「いや、そうじゃなくて、俺が鈴音ちゃんの制服を持っていることが深雪にバレるのは、俺も鈴音ちゃんもゲームが終了しちゃうんじゃないかなって思って」

『なるほど……ですが、もしも見られた場合は、深雪ちゃんには先輩に制服を盗まれたって言えばなんとかなりますし』

「そ、そうっすね……」

こっわ……。可愛い声してこの子、とんでもないことを言うじゃん……。

『で、どうなんですか？　先輩は私の制服に触れたいんですか？　触れたくないんですか？』

と、そこで鈴音ちゃんが強引に話を戻して、そう尋ねてくる。

どうやらプレイはすでに始まっているようだ。

『どうなんですか？』

受話器越しでも鈴音ちゃんが俺を挑発するような笑みを浮かべているのがわかる。

ここは素直に答えるしかないようだ。

「触れたいです……」

人として大切な何かを放り投げてそう答えると、受話器越しにクスクスと鈴音ちゃんの笑い声が聞こえてきた。

そして、

『へんたい』

冷めた口調で俺は罵られた。

なんという理不尽……が、なんか悪くない。

『先輩、そんなに触りたいのなら触ってもいいですよ？　私、先輩が私の制服に触れるところ聞いてあげます……』

どうやら今の変態発言でさらにギアが上がったようだ。

完全にこの流れに抗《あらが》える気がしない。

ということで鈴音ちゃんに「少々お待ちください」と言い残すと、ドアの前まで歩いていく。ドア横の本棚を力いっぱい押してバリケードを作ると、今度はクローゼットへと向かい例の物を取り出した。

机に戻ると鈴音ちゃんに現状報告をする。

「今、手元に紙袋を用意いたしました」

『じゃあ制服を出してみましょうか？』

「はい……」

スマホの通話をスピーカーモードに切り替えて机に置くと、紙袋の中へと手を入れる。

紙袋の中の丁寧に畳まれたブレザーとスカートを取り出して膝の上に置いた。

それにしてもいい匂いがする。何かの香料なのだろうか、それとも鈴音ちゃんの香りなのだろうか、制服からはほのかに甘い香りが漂ってきて、それだけで卒倒しそうになる。

『先輩は私の制服で何がしたいんですか？』

「え？　いえ……それは……」

『電話なので、はっきりと言葉にしないとわからないですよ？』

そう尋ねてからまたクスクスと笑い声が聞こえた。

どうやら今宵《こよい》の鈴音ちゃんは変態小悪魔モードに入っているようだ。

そんな鈴音ちゃんからの挑発に、この上ない背徳感と羞恥心を抱きながら俺は決意を固める。

鈴音ちゃんは体を張って俺の小説の応援をしてくれているのだ。だったら、俺もそんな彼女の応援に応えなければならない。

「か、嗅ぎたいです……」

『ちょっぴり恥ずかしいですけど、先輩の小説のためですもんね……。私の制服、いっぱい嗅いでください』

ということで鈴音ちゃんの許可が下りた。

俺は彼女のスカートを目の前に掲げると一度深呼吸した。

ここでこのスカートに顔を埋めてしまったら、俺は人として終わりだ。

だが、俺は官能小説家なのだ。これはあくまでプロの官能小説家になるための通過儀礼でもある。

人として最低なのは理解しているけど、当の本人である鈴音ちゃんが良いと言っているのだ。

お天道様だってその辺は理解してくれていると信じたい。

それはそうと……。

匂いを嗅ごうとした俺だったが、その前に彼女に聞いておきたいことがある。

「ねえ、鈴音ちゃん、さっきから気になっていたことがあるんだけど……」

『どうかしましたか？』

実は俺にはこの通話が始まったときから、少し気になっていたことがあった。

「もしかしてだけど……今、お風呂に入ってたりしない？」

なんというか、さっきからスピーカー越しに聞こえてくる鈴音ちゃんの声が妙に響いているというか、エコーがかかっているように聞こえるのだ。

それに時折ぴちゃぴちゃと水の跳ねるような音も聞こえてくる。

『はい、今、お風呂の中で先輩と電話しています』

「や、やっぱり……」

どうやら俺の予想は正しかったようだ。

つまり鈴音ちゃんは今、一糸まとわぬ姿で俺と通話していることを意味する。

いかん……お天道様にバレてはいけないような想像が頭の中を埋め尽くしていく。

裸の鈴音ちゃん……そして俺の手にはそんな鈴音ちゃんの脱ぎたての制服……。

『先輩、初めてハルカちゃんが遼太郎《りようたろう》の家にお邪魔したときの話は覚えていますか？』

「え？　覚えているけど……それがどうかしたの？」

と、そこで唐突に俺の小説の話を始める鈴音ちゃんに俺は首を傾《かし》げる。

『あのとき、雨宿りのために遼太郎の家に上がったハルカちゃんは、遼太郎からお風呂を借りていますよね？』

そうだ。遼太郎とハルカが仲良くなったのは突然の雨でびしょびしょに濡れたハルカに遼太郎が、自宅のお風呂を貸したのがきっかけである。

でも、それがどうしたというのだ？

『先輩はどうしてあのとき、遼太郎にハルカの制服を嗅がせなかったのですか？』

「え？　いや、なんでって言われても……」

『遼太郎がハルカを家に招き入れた時点で遼太郎はハルカに好意を持っていました。それなのにハルカがお風呂に入っている間、遼太郎は何もせずにリビングで待っていました。あのシーンは少し残念でした……』

「ま、まあ確かに……」

確かにあのシーンは何も考えずに書いていたが、今になって思えばもっとえっちなシチュエーションが書けたはずだ。

『普通、好きな女の子の制服が目の前にあったら匂いを嗅ぎますよね？』

いや、嗅ぎませんよ……。

なんか俺が変態寄りに傾いているせいで、鈴音ちゃんの考える「普通」の定義も大幅に変態寄りに傾いている気がする……。

が、まあ俺が書いているのは官能小説だ。読者を喜ばせるという意味では、ただハルカがお風呂に入るだけでは物足りないのは理解できた。

どうやら鈴音ちゃんは俺の想像力を掻き立てるために、わざわざお風呂から電話をかけてくれたようだ。

『先輩、想像してください。先輩が今いるのは脱衣場です。そして先輩が今手に持っているのはハルカちゃんの脱ぎたての制服です』

そんな彼女の言葉に俺はゆっくりと瞳を閉じると、一度頭の中を真っ白にした。

ここは俺の部屋ではない。ここは俺の部屋ではない。なにもない空間だ。

頭の中で何もない空間を想像すると、そこに脱衣所を再構築していく。

俺は今脱衣所にいるんだ……。左には洗濯機、そして足元には脱いだ服を入れるためのバスケット。

み、見えてきたぞ……その調子だ。

さらに想像力を巡らせる。すると目の前にすりガラスの風呂場の扉が見えてきた。すりガラス越しに何が見える竜太郎……そこには何が見えるのだ？

と、そこでスマホのスピーカーから、ザブンと湯船のお湯が揺れる音とシャワーの流れる音が聞こえてきた。

す、鈴音ちゃんが体を洗おうとしているっ!!

そのときだ。俺は脳内浴室の中に鈴音ちゃんの姿を見つけた。すりガラス越しに体を洗う鈴音ちゃんの肌色のシルエットが見えた。

「す、鈴音ちゃん、見えたよっ!!」

思わず叫んでいた。

見える。手に取るように見える。鈴音ちゃんが俺の目の前で体を洗っている。

小説家としてもう一段階ステップアップしたことを実感した。

こ、これが無から無限を作り出す小説家の真骨頂だ。

俺はゾーンに入った。

『先輩、その調子です。もっともっと深く想像してください。大好きなハルカちゃんが体を洗っていいます。ハルカちゃんはどこから体を洗うんでしょうか？　お湯でぬくぬくになった鈴音ちゃんの肌は何色でしょうか？　遼太郎は目の前に折りたたまれた制服を見て何をするでしょうか？』

ヤバい……想像力の洪水が俺に襲い掛かってくる。

見える——見えるぞっ!!

お風呂で温まって上気した薄ピンク色の鈴音ちゃんの肌。ほのかに香るボディソープの香り、そして目の前には鈴音ちゃんの体を一日支えた脱ぎたての制服。

『先輩、背徳的ですよね？　自分のことを信じ切ってお風呂を借りるハルカちゃんの期待を裏切るのは。悪いことをしていると自覚しながら嗅ぐ制服はどんな匂いがしますか？』

気がつくと俺は手に持った鈴音ちゃんの制服のスカートを顔に押し当てていた。

あ、やばい……いい匂いがして死んじゃいそう……。

洗剤の甘い香りとその奥に感じる汗の匂い。それが混じりあって俺の脳が犯される。

自分を信用しきって無抵抗な体でシャワーを浴びる鈴音ちゃん。

俺は……俺はなんて酷《ひど》いことをしているんだ……。

親友の妹だぞ？　大切な親友の妹の制服でお前はなんて酷いことをしているんだ、竜太郎っ!!

ダメだとわかっていても鈴音ちゃん成分を体に染みつけようと無我夢中になってしまう俺。

お天道様……竜太郎はこんなに酷い人間です……。

それからどれぐらい俺は鈴音ちゃんの制服に顔を押し当てていただろうか。『先輩？先輩、聞こえてますか？』とスピーカーから聞こえてきた鈴音ちゃんの声で我に返った。

「ご、ごめん……俺としたことが……」

気がつくと、俺は鈴音ちゃんとの通話中だということも忘れて自分の創り出した世界に没頭していた。

「もしかして鈴音ちゃんのこと……無視してた？」

『いえ、いいんです。それだけ先輩が想像力を働かせていた証拠です。それよりもスマホの画面を見て頂いてもいいですか？』

「え？」

と、俺はスマホを見やった。

するとそこには『ビデオ通話を許可しますか？』と書かれている。

「鈴音ちゃん……これって……」

もしも俺がここで許可をしたら、鈴音ちゃんのスマホのカメラが目撃したものが俺のスマホに表示される。

そして、鈴音ちゃんは現在入浴中だ。それが何を意味するのかぐらいバカな俺にもわかる。

「さすがにそれはまずいんじゃ……」

『いいんです。先輩。早く許可をしてください……』

「いやでも……」

『先輩、覚悟を決めてください。私だって覚悟を決めて言っているんです』

そうだ。鈴音ちゃんは俺の小説とここまで覚悟を持って向き合ってくれているのだ。それなのにここで日和《ひよ》ってしまっては男ではない。

そう自らを正当化して俺はスマホへと指を伸ばした。

「鈴音ちゃん……見るよ？」

『…………はい……』

俺は許可するの画面をタップした。するとメッセージアプリがビデオ通話モードへと切り替わる。

そして、スマホの画面いっぱいに現れたのは浴室だった。

そりゃそうだ。鈴音ちゃんはお風呂に入っているのだから当然だ。が、浴室に映っていたのは一糸まとわぬ姿の鈴音ちゃん……ではなくパジャマ姿の鈴音ちゃんだった。

「あ、あれ？」

な、なんで裸じゃないの……。

と、呆然《ぼうぜん》とスマホ画面を眺めていると、鈴音ちゃんは『そんなに悲しそうな顔をしないでください』とクスッと笑う。

『先輩、これを見てください』

と、そこで彼女は自分の手を湯船に入れると手をぐるぐるとかき回した。その音は、さっき鈴音ちゃんが湯船から立ち上がったときにした音と同じだ。

次に彼女はスマホをシャワーへと向ける。シャワーからは勢いよくお湯が出ているが、シャワーヘッドは壁に向けられている。

なるほど……その光景に俺は全てを理解した。

どうやら俺は騙《だま》されていたようだ。鈴音ちゃんは初めから入浴なんてしていなかったのだ。さも入浴しているかのように振る舞っていただけだった。

と、そこで鈴音ちゃんはなにやら申し訳なさそうな顔でカメラを見つめた。

『先輩、騙してしまって申し訳ないです……。あと、もう一つ。さっき先輩に手渡した制服は脱ぎたてじゃないです。ホントはクリーニングから戻ってきたものをそのまま渡しました……』

なんてこったいっ⁉

い、いや……でも待て。確かに鈴音ちゃんの制服からは鈴音ちゃんの香りが……。

俺は改めてスカートに顔を埋めてみる。

「なっ……」

俺は我が鼻を疑った。

さっきまで確かに鈴音ちゃんの香りがしたはずの制服からは何の匂いもしなかった。

『先輩はやっぱり凄《すご》いです……』

と、そこで鈴音ちゃんが呟《つぶや》く。

『先輩は音と制服だけで変態的な想像力を無限大に広げたんです。それは小説家としてとてもすごい能力だと思います』

「す、鈴音ちゃん……」

なんかすげえ深い話みたいに聞こえてくる。

あと、今の俺褒められてる？　それともけなされてる？

『先輩ならばかならず一位になることができます。私はこの程度のお手伝いしかできませんが、少しでも先輩の役に立てたのならば嬉しいです……』

「鈴音ちゃん、ありがとう……」

『一位になれるように頑張ってくださいね。そして、いっぱい私になでなでさせてくださ い』

「わかったよ。俺、絶対に一位になってみせるよ」

『その意気です。それでは頑張ってください。私は陰ながら先輩のことを応援していますね』

そう言って鈴音ちゃんは通話を終了した。

そして、想像力が洪水のように流れてくる今の俺の頭ならば無限に小説が書けるような気がした。

待っていてくれ鈴音ちゃん。必ず一位になれる小説を書いてみせるからっ!!

俺は摑んだスカートを高く掲げてそう誓った。

※　※　※

そしてデートの日がやってきた。なんて普通に言ってるけど、冷静に考えてみれば、とんでもない出来事だ。

クラス内男子イケメンランキングでも中の下を自負する俺が、学園一の美少女、水無月鈴音とデートをするのだ。これは俺史上とんでもない大事件のはずだ。

が、今まで彼女と繰り広げてきた痴態のせいで、感覚が麻痺《まひ》しているのが本当に残念だ……。

ということで、約束通り待ち合わせ場所へとやってきた俺は鈴音ちゃんの姿を捜すことにした。

それにしてもすごい人混みだな……。

そこは繁華街にある巨大な商業施設の入り口だった。ある程度予想はしていたけど、日曜日ということもあり人でごった返している。

鈴音ちゃんの姿を見つけるために、あたりを見渡すと、こんな人混みでも彼女の姿はあっさり見つけることができた。どうやら美少女というのはこんな人混みでも映えるようだ。

彼女は入り口付近の柱にもたれ掛かってスマホを眺めていた。そんな彼女のもとへと俺は歩み寄っていく。

が、
ん？　ちょっと待て……。

俺はそんな彼女に近づくにつれてある違和感を覚えた。

彼女はスマホを眺めている……というよりは凝視している。そして、そんな彼女の頰は何故《なぜ》か真っ赤に染まっていて、人差し指で自らの下唇を撫《な》でていた。

あ、あれ？　俺、あの仕草に心当たりがありすぎるんだけど……。

どうやら彼女の変態活動には休日という概念は存在しないらしい。

そんな彼女を愕然《がくぜん》としながら眺める俺。が、彼女は小説に夢中なようで、すぐそばまで俺がやって来ても、一向に俺に気づかず「んん……」と相変わらずドエロい吐息を漏らしながら、身を捩《よじ》っていた。

「す、鈴音さん……」

と、そこで彼女の名を呼ぶと、彼女はようやく俺の存在に気づいたようで、スマホから顔を上げた。そして「わ、わぁっ!?　せ、先輩っ!?」と慌てた様子で俺を呼ぶと、スマホを背中に隠した。

「あの……もしかしてだけど……」

と、そこまで俺が尋ねたところで鈴音ちゃんは「ち、違います……」と、まだ何も聞いてないのに激しく首を横に振った。

どうやら違わなかったらしい。

が、デートという言葉にやや緊張気味だった俺は、彼女がいつも通りの彼女で少し安心もした。

「と、とりあえず行こうか……」

そう声を掛けると、鈴音ちゃんは恥ずかしそうに俯《うつむ》いて「そ、そうですね……」と答えた。


というわけで俺の人生初デートが始まったわけだが、始まって早々、鈴音ちゃんがどうしても行ってみたい店があると言うので、彼女に連れられてモールの三階へと上がった。

そこはレストラン街になっており、イタリアンや中華などさまざまなレストランが並んでいる。

お腹《なか》でも空いたのだろうか？　そんなことを考えながら彼女についていくが、彼女はそんなレストランには目もくれず、レストラン街の奥へと向かって歩いていく。そして、とある店の前で足を止めた。

「こ、ここです……」

と、鈴音ちゃんはそう言って店を指さすので、俺はそちらへと顔を向けた。そして、その予想外の光景に驚愕《きょうがく》した。

な、なんじゃこりゃ……。

「じ、実は最近話題になっている店なんです……。それで前から一度行ってみたくて……」

彼女はそう言った。

俺が驚愕した理由……それは、
ブタっ!!　ブタっ!!　そしてブタっ!!

その喫茶店のような佇《たたず》まいの店内では無数のブタが縦横無尽に闊歩《かっぽ》していた。どうやらここは猫カフェ……ならぬブタカフェらしい。

鈴音ちゃんは興奮が抑えきれなくなったのだろうか、店のほうへと駆け寄るとガラス越しに店内のブタを眺めはじめる。

「か、可愛い……」

興奮気味に頰を赤らめる鈴音ちゃん。そんな彼女の横に立ち、俺もまた店内を観察する。

まあ確かに彼女が頰を染める理由はわからないでもない。店内のブタはそういう種類なのだろうか、どのブタも猫ぐらいのサイズでなんとも愛らしい姿をしている。

そして店内の客はそんなブタの頭を撫でたり、膝の上に置いたりして癒《い》やされているようだった。

彼女が俺を見上げる。

「わ、私……ブタが大好きなんですっ!!」

あ、なに、その唐突に性癖を掠《かす》める言葉は……。

全然、そんな意味じゃないのはわかるけど、今のセリフ、ちょっとやばかったわ……。

俺は慌てて冷や汗を拭った。

というわけで、俺たちはブタカフェに入ることになった。

受付でドリンク代を払って早速店内に入る。店内に足を踏み入れるやいなや、鈴音ちゃんのもとに一匹の小さなブタがやってきた。

ブタは彼女の靴下にコンセントのような鼻を近づけるとピクピクと鼻を動かして匂いを嗅いでいた。彼女はそんな光景に「クスッ」と笑いを漏らすとしゃがみ込んだ。

今日の彼女は紺色のプリーツスカートと、フリルの付いたブラウスという、いかにも女の子らしい恰好《かっこう》をしていた。そしてスカートの丈はいつもの制服よりも短い。彼女は少しスカートの長さを気にしながらも、寄ってきたブタの頭に手を置いた。

「ぶ、ブタさん……よしよし……か、可愛い……」

そう言いながらブタの頭をなでなでする鈴音ちゃん。

あぁ……なんか羨ましい……。

彼女のもとへ他のブタたちもぞろぞろと集まってくる。ちなみに俺のもとへは一匹たりとも来やがらねえ……。

どうやら、ブタも俺なんかよりも、可愛い女の子の足元でブヒブヒしたいらしい……。

「せ、先輩、凄いです……ぶ、ブタさんがいっぱい来ます……」

と、予想以上に集まってくるブタに困惑しつつも嬉しそうな鈴音ちゃん。あるブタは鈴音ちゃんになでなでされてご満悦な表情を浮かべ、あるブタは鈴音ちゃんの足に興味があるようでしきりに匂いを嗅いでいる。

それを幸せそうに眺める鈴音ちゃん。

あぁ……俺もブタになって鈴音ちゃんからブタ呼ばわりされたい……。

「せ、先輩……あれ……」

と、そこで何かに気がついた鈴音ちゃんがカウンターを指さした。俺もカウンターへと目を向ける。

『ブタの餌　五〇〇円』

と、そんなポップが見えた。どうやらこの店では餌やり体験ができるらしい。

「わ、私、買ってきます……」

彼女は立ち上がると一目散にカウンターへと向かった。そして、紙コップに入った餌を手に再びブタのもとへと戻ってくる。

コップの中のチップ状の餌を掌《てのひら》に乗せてブタの前に差し出した。

その直後ブタどもの目の色が変わった。

鈴音ちゃんの周りにいたブタどもはいっせいにブヒブヒと、鈴音ちゃんの掌に群がってくる。

「も、もう……みんな食いしん坊さんなんだね……ちょ、ちょっと、そこは入っちゃだめだよ……」

と、スカートの中にまで入り込もうとするけしからんブタに困惑しながらも彼女はまんざらでもない様子だ。

あ、ヤバイ……なんかエロい……。

いかんいかん落ち着け竜太郎……。

で、でも、異世界モノの官能小説のネタにならら使えるかも……。と、健気《けなげ》にブタを可愛がる彼女を邪《よこしま》な目で眺めていると、彼女は顔を上げる。

そして、

「せ、先輩……先輩も食べますか？」

そう言って彼女は餌の乗った手を俺に差し出した。

え？　何その乗ったら人間としての人生が終了する甘い誘惑は……。

「じょ、冗談です……。ですが先輩がブタの餌を羨ましそうに眺めていたので。そんなに美味《おい》しそうですか？」

あ、バレてる……。

おそるべし水無月鈴音……。

彼女は俺の反応がいちいち面白いようで、クスクスと何度も笑う。

あまりに彼女が笑うものだから、俺は少し不貞腐《ふてくさ》れたように彼女から顔を背けた。すると、彼女はまたクスっと笑って「こ、今度先輩にももっと美味しい物を作ってきますので、そんなに不貞腐れないでください」と俺をなだめた。


鈴音ちゃんはその後もブタどもの餌付けを続けた。鈴音ちゃんの足元へとやってきたブタどもは鈴音ちゃんの餌をむさぼりつつ、彼女の足やスカートをしばらくクンカクンカして、満足そうだった。

なんて言うと意味深に聞こえるけど、これは何かのメタファーではなく文字通りの意味だ。

結局、一時間ほど俺と鈴音ちゃんはブタと戯れて店を出た。

「な、なんだか、お腹が減りましたね……」

と、鈴音ちゃんが言うので、俺も自分が空腹だったことを思い出す。そういや俺たち、ブタに餌はやったが、自分たちの腹ごしらえはまだしていなかった。

レストラン街を歩きながら、何か美味《うま》そうな店を探して散策していると、ふと一軒の店の前で足が止まった。

とんかつ店……。

俺と鈴音ちゃんはしばらく暖簾《のれん》に描かれたブタのイラストを眺めてから顔を見合わせた。

「さ、さすがに……ねえ……」

と、俺がひきつった笑みを浮かべると彼女もまたひきつった笑みを浮かべる。

「え、えへへ……そうですよね……」

いやいや、さすがにブタカフェからのとんかつ店はマズい気がする……。

俺たちは同時に激しく首を横に振って、今のはなかったことにしてその場を立ち去ろうとした……のだが……。

「いらっしゃいませっ!!　お客様二名様ですかっ？」

と、威勢のいい声とともに、中年の男が店内から飛び出してくる。

「お客さん、今日はサービスデーですよっ!!　なんと定食のご飯は食べ放題っ!!　さらにおまけでひれかつを二枚つけますよっ!!」

ご、ご飯食べ放題に、ひれかつサービスっ!?

そんなワードに、一瞬だけ心が動いた……ような気がしたが、この誘惑に屈するわけにはいかない。

相変わらずひきつった笑みを浮かべると「え、え〜と、ちょっとほかの店も回ってから決めようかなと……」と、遠まわしに断りを入れた。そんな俺に鈴音ちゃんもまた「そ、そうですね……ちょっと他のお店も覗《のぞ》いてから決めます……」と同調してくれる。

が、不意におじさんの表情が曇った。

「実はね、うちの店、今日で閉店なんですよ……」

と、突然衝撃発言を口にするおじさん。

あ、マズいわ……完全に良くない展開に向かっている……。

「初めて、ここの敷地に先代が出店してきて五〇年、とんかつ一筋でやってきました。このモールができることになって、一時は店を閉じることを考えました。ですが、先代の守ってきたとんかつの味を守るためにこのモールでの出店を決断して、これまで頑張ってきました……」

あぁ～あぁ～やばいって……完全に泣き落としに入ってんぞ。このおっさん……。

「で、ですが、時代の流れってやつですね。これまで必死にやってきたんですが力不足で私は、父親が守ってきたこのとんかつ店の幕を閉じることにしたんです……」

俺は助けを求めようと鈴音ちゃんを見やった。

「そ、そうだったんですね……」

ああやばいよ。完全に籠絡《ろうらく》されちまってるよ……。

彼女は瞳にわずかに涙を浮かべながら、うんうんと真剣におじさんの話に聞き入っていた。

「悔しいです……死んだ親父《おやじ》に顔が立たねえ。ですが、どうしようもない。だからせめて店を閉める今日だけは、親父たちの作った最高のとんかつの味をお客様に楽しんでいただきたいんです。せめて、親父たちが守り続けた最高のとんかつの味をお客さんの思い出の中で、生かし続けたいんです。ですから、今日は利益は度外視で、ドドンと五パーセントオフで提供させていただきます」

と、両手で顔を覆うおじさん。

でもなんか五パーセントって現実的な割引だな。俺はそんな親父の浪花節《なにわぶし》になんともいえない胡散臭《うさんくさ》さを覚えた。

が、隣の無垢《むく》な少女は違う。

「わ、私、感動しましたっ!! おじさん、お父さまとお祖父《じい》さまの守ってきた味を私の記憶に残させてくださいっ!!」

完全におじさんに言いくるめられた彼女は何度も頷《うなず》いて、俺を見やった。

「せ、先輩、入りましょうっ」

「で、でもいいのか？」

「いいです……確かに少し気が引けますが、おじさんの話に感動してしまいました……」

あぁ……なんて純粋な子……。

が、鈴音ちゃんが良いというのであれば、まあ……いいか。ご飯もお代わりし放題だし。

覚悟を決めた俺はおじさんに「じゃ、じゃあ、入ります」と答えた。直後、おじさんは顔を覆っていた両手を下ろすと満面の笑みで「ありがとうございますっ!!　二名様ご案内で〜すっ!!」と叫んで意気揚々と店内に入っていた。

いや、切り替え早っ!!

ということで俺と鈴音ちゃんは、ブタカフェからとんかつ店に直行という鬼の所業のようなハシゴをすることになった。

おじさんに案内されながら、テーブルへと向かう途中、ふと厨房《ちゅうぼう》に目がいった。そこにはパイプ椅子に座って、退屈そうにスポーツ新聞を眺める老人がいた。

お、おい、なんかあのじいさん、おっさんに顔がクリソツなんだけどっ!!

おい、まさか親子じゃねえだろうな？　それともあれか？　俺はじじいの親父の地縛霊でも見てんのか？

完全にじじいの口車に乗せられた俺は、愕然としながらもテーブルへと案内される。

俺と鈴音ちゃんはじじいのおススメとかいうご飯食べ放題、ヒレカツサービス付きの定食を二つ注文した。じじいは「まいどっ!!」と軽快にオーダーを通すと、次回来店時に使えるとかいうドリンクサービスチケットを残して厨房へと歩いていく。

おい、次回使えるってどういうことだよっ!!

ああん？　そっちがそう来るなら、こっちはこっちでこの後、食中毒になって本当に営業最終日にしてやろうかっ!!

　じじいが厨房に消えるまで、俺はその背中を睨み続けた。

　いや、美味いよ……美味いのは美味い。そりゃ揚げたてのとんかつなんだもん。

　だけど、なんか納得いかねえ……。

　と、美味いとんかつを頬張りつつも腑《ふ》に落ちなかった俺は、正面の鈴音ちゃんを見やった。

　彼女はフォークを握ったまま、とんかつに手を付けようか悩んでいるようだった。

　あのくそじじいの話に一時は感動していた彼女だったが、いざ、とんかつが目の前に出されると、何とも言えない躊躇《ためら》いを覚えたらしい。

　しばらく、とんかつと睨めっこしていた鈴音ちゃんだったが、決意したようにとんかつにフォークを刺すと口へと運んだ。

「しょ、しょうがないですよね？　私たちは大切な命をいただいて生きているんです……。それに天国のお父さまも、きっと私たちに笑顔でとんかつを食べてほしいと思っているはずです……」

　そう言って彼女は瞳に涙を浮かべながら、それでも可憐《かれん》な笑みを浮かべる。

　あぁ……なんて健気なんだ……。そのあまりの健気さに泣きそうになるわ……。

ちなみに、そのお父さまとやらの幽霊は、さっきスポーツ新聞片手に競馬がどうのこうの言いながら店を出ていったぞ。

どうやら天国のお父さまとやらはブタよりも馬のほうが好きらしい。

それから俺と鈴音ちゃんはしばらく、尊い命をいただく作業を続けた。そして、皿が空になったところで鈴音ちゃんはフォークをおいて俺を見やった。

「先輩……一週間、よく頑張りましたね……」

「え？　まあな……」

「睡眠時間は取れていますか？」

心配そうに首を傾げる鈴音ちゃん。そんな彼女に「ああ、大丈夫だよ」と答えておく。

正直なところ、この一週間は本当に大変だった。学校が終わるとすぐに帰宅し、夜遅くまで執筆。さらには朝も早めに起きて登校時間ぎりぎりまで小説を書いたのだ。

間違いなく、この一週間は俺史上もっとも文字を入力した一週間だと思う。彼女を安心させるために嘘をついたけど、実際のところ睡眠時間もかなり削った。

でも疲れたときは鈴音ちゃんの制服の匂いを嗅ぐと少しだけ疲れが取れることに気がつき、頑張ることができた。

「ランキングはご覧になりましたか？」

「ランキング？」

鈴音ちゃんはポケットからスマホを取り出した。そして、何かを操作して俺のほうにスマホを向ける。

「これです……」

俺はスマホの画面を見やった。そして、大きく目を見開く。

「う、嘘だろ……」

そこに表示されていたのは、俺が小説を投稿しているサイトのランキング画面だった。

日間ランキングと書かれたページの一番上に『親友の妹をＮＴＲ』の文字。

それはつまり昨日、俺の小説がサイト内で一番ポイントを稼いだことを意味する。

「せ、先輩さすがです……。やっぱり先輩の性癖は凄いです……」

と、褒めているのかどうかよくわからない賛辞の言葉を俺に贈る鈴音ちゃん。

俺はしばらく画面を見つめたまま身動きが取れなかった。

嘘だろ？　俺の小説が一位？　だってこの間、初めてランキングに載ったような小説だぞ？　それが一位なんて……。

「これはあくまで私の予想ですが、やっぱり全編に渡って書き直したのがよかったのだと思います……」

「い、いや、そうだけど……」

にしたって……。

「きっと、これでうまくいくはずです……」

彼女は嬉しそうにうんうんと頷いた。

そうだ。俺がこれだけの苦労をして全編改稿したのは、翔太を真っ当な道へと引き戻すためである。

真っ当な道に引き戻すために官能小説を全編改稿するというのも変な話だけど、そうなのだからしかたがない。

この一週間、俺はとにかく翔太をモデルにしたキャラクター秀太をドMの変態さんへと変えることに注力した。

正直なところ不安だったよ。なにせ、全編改稿をすれば読者にはまた一から物語を読み直してもらう必要があるのだ。

改稿したことをきっかけに読者が減ってしまうのが怖かったし、実際に改稿を始めてから一時的に読者が減ったのも事実だった。

けれどもそれ以上に読者が増えた。

『ブヒィ!!　ブヒィ!!』

『ブブブヒヒィっ!!　ブヒブヒっ!!』

『ブヒィィィィイっ!!』

などなど、改稿後の小説にはいくつもの好意的なコメントが並んだ。

結局、ランキングは急上昇して、ついに今日念願のランキング一位を手にすることができたようだ。

「このサイトの読者さんは、先輩みたいに女の子をイジメるよりも、女の子からイジメられるほうが好きな変態さんが多いみたいです……」

と、その変態読者さんが喜びそうなセリフとともに彼女はそう結論付けた。

実際に作中のハルカちゃんは兄と兄の親友の両方を掌の上で転がすとんでもない変態悪女として描かれることになったのだが、結果的に読者は大幅に増えたのだから彼女の見立ては正しかったということだ。

「でもよ……本当に大丈夫なのか？」

「何の話ですか？」

「翔太のことだよ。あいつ本当に俺の小説を読んでるのか？」

以前、鈴音ちゃんはまだ翔太が俺の小説を読んでいるはずだと言った。

だが、さっきも言った通り改稿を始めたときには一部の読者は離れてしまったのだ。その中にもしも翔太がいたとしたら俺の苦労は水泡と帰してしまう。

俺の心配に鈴音ちゃんは「はい」とはっきりと答える。

「お兄ちゃんは今も先輩の小説に夢中です……」

「もしかして、あの野郎、鈴音ちゃんの前で堂々と」

「そ、そうじゃないです……。実は昨日お兄ちゃんのスマホを確認したんです……」

「スマホを確認っ!?　あいつスマホにロックもかけてないのか？」

「き、昨日はお兄ちゃん、ソファで眠ってしまっていたので、それで顔認証を寝顔で……」

全国の不倫してる旦那さんっ!!　事件ですよっ!!

「設定によっては寝顔でも大丈夫だそうです……。それでお兄ちゃんの小説の閲覧履歴を確認しました。そしたら、直近で先輩の小説を全話閲覧していることがわかりました……」

「つ、つまり、改稿後の俺の小説もばっちり読んでるってことか？」

彼女は頷いた。

なるほど、それならば翔太の性癖が変わっている可能性はあるかもしれない。

けど、やっぱり不安はぬぐえない。

「鈴音ちゃんは翔太が新しい変態トロフィーを獲得したと思うか？」

「へ、変態トロフィーってなんですか？」

と、尋ねると鈴音ちゃんは首を傾げる。

しまった……それはこっちの話だ。

「ご、ごめん、鈴音ちゃんはこれで翔太が鈴音ちゃんに高圧的に接しなくなると思うか？」

あらためて尋ねると鈴音ちゃんは難しそうに眉を潜める。

「正直なところ五分五分だと思います……」

まあそうだよな……。

「で、ですが少なくとも私は先輩の小説を読み直して、また新しい何かが芽生えましたっ」

「お、おう……あ、ありがとな……」

と、フォロー兼性癖暴露をする鈴音ちゃん。

「問題は翔太のほうだな……」

と、呟くと鈴音ちゃんはじっと俺を見つめる。

「先輩はよく頑張りました。今はまだ五分五分かもしれませんが、その確率を引き上げるのは私の仕事ですっ」

「私の仕事？」

「はい……そもそもこれは私たち兄妹のことですし、これ以上先輩にご迷惑はおかけしません……」

決意に満ちた表情で俺を見つめる鈴音ちゃん。

「こ、ここからは私がなんとかしてみます……そんなことよりも……」

と、そこで彼女は急に頬をポッと赤くさせる。

「ランキング……一位になりましたね？」

「おう、そうだな……」

「約束通りご褒美をあげなきゃですね？」

そうだっ!!　翔太の性癖を曲げることに必死で俺はすっかり忘れていた。

ってか、そもそも俺がランキング一位を目指した一番の理由はそっちだったじゃねえか。

「私、ずっと我慢していたんです。ホントは先輩のこといっぱいなでなでしてあげたかったです。ですが、これで心置きなくなでなでできますね」

ランキング一位を目指した一番の目的は鈴音ちゃんになでなでされること。もちろん、鈴音ちゃんと書籍化を目指して頑張ってきたが、それ以上に俺にとってのモチベーションになったのは、なでなでしてほしいという願望だった。

そして、俺は実際に一位を取った。

「先輩……今日はいっぱいなでなでしてあげますね」

「あ、あざまーすっ!!」

「じゃあ今日のデートの最後に二人きりになったところでいっぱいしてあげます」

そう言って鈴音ちゃんは少し手を上げると、俺に小さくエアなでなでをして笑みを浮かべた。

あぁ……腹いっぱい食った……。とんかつ店を出た俺がお腹をぽんぽんと叩《たた》くと、それを見た鈴音ちゃんがクスクス笑う。

「な、なんだか先輩……たぬきさんみたいで可愛いです……」

と、鈴音ちゃんにたぬき扱いされて、少し恥ずかしくなった俺はお腹から手を離すと「じゃ、じゃあ行こうか……」と言って、彼女とともにエスカレーターを下りていく。

ショッピングモールの二階には洋服店を中心としたファッション関係のショップが並んでいた。

このモールを訪れるのは初めてではないのだけど、いつも俺は奥にある書店以外を訪れることはないので、彼女と二人で歩くモールの景色はなんだか新鮮だ。

なんか今デートしてるって感じするわ……。

「わぁ〜。か、可愛いなぁ……」

と、そこで鈴音ちゃんは一軒の洋服店の前で足を止めた。そして、彼女は店頭に飾られたマネキンを目を輝かせながら見つめる。

そのマネキンは薄水色のワンピースを身に着けていた。長めの丈のスカートの下部は一部レース地になっており、マネキンの脚の部分が透けて見えている。

可憐なだけでなく、ほんのり色気もあるあたり、さすが鈴音さんお目が高い。

彼女はマネキンに近寄ると、裾についた値札をめくった。そして、俺を振り返ると苦笑いを浮かべる。

「え、えへへ……さ、さすがにちょっと手が届かなかったです……」

どうやら想定よりも少し高かったようだ。が、彼女はそのワンピースに少し未練が残ってるようで、しばらくマネキンを羨ましそうに眺めていた。

そんな彼女の姿を見ていると、買ってあげたくなるから不思議だ。

このワンピースを買ったら彼女は喜んでくれるんだろうな……なんて考えていると、そんな彼女の笑顔が見たくなる。

もしも小説家になったら買ってあげられるのかな？　なんて夢想していると、彼女がこっちに駆け寄ってきた。

「ご、ごめんなさい……私の好きなものばかり見てました……退屈でしたか？」

と、不安げに俺の顔を見上げた。

「そんなことないよ。鈴音ちゃんが楽しそうにしてる姿を見てるだけで、俺も楽しいし」

なんて、とっさに口にしたが、口にした瞬間、わりと自分が思い切ったことを言ったことに気がついて急に恥ずかしくなる。

そんな俺の恥ずかしさが鈴音ちゃんにも伝播《でんぱ》したのか、彼女は何も答えずに頬を赤らめた。

なんとも気まずい空気が二人を覆う。が、鈴音ちゃんは頬を真っ赤にしたまま「せ、先輩……」と俺を呼ぶ。

「きょ、今日はその……先輩の小説のお役立ちができるようにデートをしているんでしたよね？」

「え？　あ、そうだったよな……たしか……」

と、そこで俺は本来の趣旨を思い出す。そういや、あの日、鈴音ちゃんはそう言って俺をデートに誘ってくれたんだった。

「だ、だとしたらその……カップルみたいにしていないと、小説の役に立たないですよね？」

と、彼女は口にした。が、俺には彼女の言葉が具体的にどういうことなのか理解できなかった。

俺が少し困った顔をしていると、彼女は不意に自らの右手を俺の左手へと伸ばす。

そして、

「っ……」

彼女は自分の右手を俺の左手に絡めた。

つまり……要するに……こ、これは手を繋《つな》ぐという行為である。しかも、彼女は俺の指に自らの指を絡めるようにして、いわゆる恋人繋ぎをしている。

自らの指の間に彼女の温かい指の感触を覚えながら、心拍数が上がっていくのを感じた。

変な話だとは思う。だって、俺たちはこれまでカップルでもしないような、恥ずかしいことを小説のために繰り返してきたはずだ。

それなのに、今まで繰り返してきたどんな過激な行為よりも、彼女と手を絡めている、カップルだったら当たり前のようにするであろうその行為に、俺は胸をドキドキさせているのだから。

「せ、先輩……こ、これで少しは……参考になりますか？」

鈴音ちゃんは相変わらず顔を真っ赤にしたままそう尋ねた。

「う、うん……鈴音ちゃんのおかげでいい小説が書けそう……」

と、声を振り絞るようにそう答えると、彼女は頬を真っ赤にしながらもわずかに微笑み、

「お、お役に立てて嬉しいです……」と小さく答えた。

俺たちは手を繋いだまま歩き出す。

なんだろう……手汗が止まらねえわ……。

「ご、ごめん、手汗……ベタベタしない？」

さすがに彼女を不快にさせるのは嫌だったので、思わずそう尋ねた。が、彼女はわずかに微笑んだまま首を横に振る。

「せ、先輩の手汗……不快じゃないです……。先輩も緊張しているのがわかって、少しドキドキします……」

なんて言うもんだから、さらに手汗が止まらなくなる。けれども鈴音ちゃんも緊張しているのは、彼女の掌から感じるわずかな鼓動の感触で理解することができた。

結局、それから俺たちはろくに会話も交わさずにモールを歩いた。

次に会話を交わしたのは雑貨屋の店頭に並べられたヘアクリップを彼女が見つけたとき

だった。

「せ、先輩……これ、可愛いと思いませんか？」

そう言って彼女はヘアクリップを手に取った。そのヘアクリップには小さな花がついていた。

「可愛いと思うよ」

と、答えると彼女は共感してくれたのが嬉しかったのか、小さく微笑む。彼女はその小さなヘアクリップをしばらく掌に乗せて眺めた。

そして、

「わ、私……これ買います……」

どうやら彼女は購入を決めたらしい。俺から優しく手を放すと、レジのほうへと歩いていこうとした。が、そんな彼女の後ろ姿を眺めていると、いてもたってもいられなくなる。

「俺が買うよ」

そう言うと、彼女は足を止めて俺を振り返った。そして、頬を真っ赤にしたまま顔の前でぶんぶんと手を振る。

「そ、それはさすがに先輩に悪いです……」

「いいよそれぐらい。それに小説のことで鈴音ちゃんには感謝してもしきれないぐらいだし、こんなので恩返しができるとは思っていないけど、せめてこれぐらいの恩返しはさせてほしい」

「そ、それはあくまで先輩の実力で……」

「そ、それに俺はそのへアクリップを鈴音ちゃんに買ってあげたい」

「…………」

そんな俺の言葉に鈴音ちゃんは頬を赤らめたまま黙り込んだ。

俺の小説は日間ランキング一位を取った。それは紛れもなく鈴音ちゃんが俺のサポートをしてくれたおかげだ。

日間一位だぞ？

ただの底辺作家だった俺がそんな栄誉を賜るなんて、少し前の俺だったら信じられなかった。それを彼女は叶《かな》えてくれたのだ。

だけど、それ以上に、俺は彼女にそのヘアクリップを買ってあげたかった。

「買っても……いいかな？」

正直なところ怖かった。あまり執拗《しつよう》に買うと言えば押しつけがましくなってしまう。気を遣わせてまで奢《おご》るほど惨めなものはない。

そんな俺の言葉に鈴音ちゃんはしばらく黙っていた。

が、不意に頬を赤らめると。

「あ、ありがとうございます……」

と、小さく答えてくれた。

買い物を終えて店の外に出ると鈴音ちゃんは相変わらず、少し恥ずかしそうに俺のことを待っていた。彼女にヘアクリップの入った小さな紙袋を渡すと、彼女はそれを受け取って胸に押し当てた。

「先輩、ありがとうございます。だけど、お金は大丈夫ですか？　結構高かったので……」

と、嬉しそうにしながらも少し心配げに俺を見上げる鈴音ちゃん。そんな彼女に俺は
「だ、大丈夫だよ。鈴音ちゃんには前からお礼がしたかったし」と少しひきつった笑みを浮かべる。

そ、そうなのよ……結構高かったのよ……。

だってヘアクリップだよ？　普通五〇〇円くらいだと思うじゃん？

レジに行って二〇〇〇円って言われたときは正直、血の気が引いたね。

慌てて財布を開いて手持ちを確認したよ。これで手持ちが足りないなんて事態になったら、恥ずかしいなんてレベルじゃねえ……。

が、幸いなことにぎりぎり足りた。さっき自販機でジュース買おうか悩んだけど、あれ買ってたら、俺死んでたわ……。

ま、まあ、なにはともあれ、ささやかながらも彼女にお礼ができた。そして、俺はこのとき初めて女の子にプレゼントをすることが、こんなにも楽しいことだということを知っ

た。

今だけはキャバ嬢に貢ぐ男の気持ちがちょっとだけわかるわ……。

鈴音ちゃんはそんな俺に「う、嬉しいです……」と、答えると袋からヘアクリップを取り出して、それをしばらく嬉しそうに眺めていた。そして、俺を見やるとやっぱり少し恥ずかしそうにこう言った。

「付けてみてもいいですか？」

と、彼女がそう言うので俺は頷く。すると、彼女は横髪に触れて、それを耳に掛けると、プレゼントしたヘアクリップを取り付けた。

「ど、どうですか？」

鈴音ちゃんが恥ずかしそうにそう尋ねてくるので、俺まで恥ずかしくなる。

可愛い……とんでもなく可愛い。

彼女の髪のコスモスの花は、彼女の可憐さを引き立て、それでいて主張しすぎることなく、控えめに咲いていた。

「よ、よく似合ってると思うよ……」

そう答えるのが精いっぱいだった。本当はこの上ない賛辞の言葉を贈りたい。

もっと気の利いた言葉を贈りたい。

だけど、そんなことをしたら、恥ずかしさで胸が張り裂けてしまいそうだ。結局、それしか言えなかったが、それでも彼女は満足してくれたようで「ありがとうございます……」と答えた。

俺たちはその後もモール内でウィンドウショッピングを楽しんだ。その間、俺たちはずっと手を繋いだままだった。

結局、最寄り駅へと戻ってくるころにはすっかり日が西に沈みかけていた。

鈴音ちゃんとの手繋ぎデートに現実感がなく、終始ふわふわした気持ちになっていた俺だったが、さすがに最寄り駅まで戻ってくると、そうも言っていられなくなる。

さすがに人目が気になるなぁ……。

別に実際に付き合っているわけではないのだけど、最寄り駅付近には俺や鈴音ちゃんの同級生がいてもおかしくないのだ。

さすがに二人で手を繋いでいるところを見られるのは色々とマズい気がする。

だから、優しく彼女から手を放そうとした……のだが、彼女はぎゅっと俺の手を握りしめるもんだから、俺のドキドキが止まらない。

指を絡められ、驚いた俺は隣の鈴音ちゃんを見やったが、彼女は俺には顔を向けずに、俯いていた。

「きょ、今日のデート、少しは先輩の創作の役に立てそうですか？」

と、彼女は相変わらず俺には顔を向けずにそう尋ねた。

正直なところ、創作の役に立つかどうかは微妙だ。彼女と初めて手を繋いでからの俺の記憶はおぼろげだからだ。

「そ、そうだな……少なくともデートシーンの参考には——」

「まだ足りないと思いませんか……？」

と、そこで彼女は俺の言葉を遮るようにそう言った。

「え？　た、足りないって……」

「聞いた話ではカップルはデートの別れ際にお互いの唇をその……」

お、おいちょっと待て……それって……。

鈴音ちゃんは優しく俺から手を放すと俺に向き直る。上目遣いで俺を見つめながら、自分の下唇を指で撫で始めた。

そんな彼女を見て俺は確信する。

つまり鈴音ちゃんは俺にキで始まってスで終わる二文字のあれをやってもよいと、許可しているのだ。

おいおい、なでなでどころの騒ぎじゃねえぞ……。

「ちょ、ちょっと待ってくれ鈴音ちゃん。本当にそんなこと……」

確かに俺たちは小説の参考にするためにデートをした。

だけど、それはあくまでシミュレーションであって、キスをすることは一線を越えている。

いや、紐飴《ひもあめ》プレイとかバブみプレイとかすでに一線は越えているんだけど、それとこれとではわけが違う。

本当にわけが違うのか？

いや、違うったら違うんだっ!!

動揺する俺を見て、鈴音ちゃんはハッとしたように目を見開いた。

「す、すみません……私……」

どうやら彼女はさすがに自分の提案が行き過ぎだったことに気がついたようだ。

そんな彼女に安堵《あんど》した俺だったが、彼女は不意にスカートのポケットから何かを取り出す。

それは飴玉だった。

「鈴音ちゃん？」

「そ、そうですよね……。先輩の書いているのはえっちな小説ですもんね？　普通のキスなんてしても、参考にならないですよね？」

あ、違う……。

俺は手法のことを話したいんじゃなくて、もう一歩手前の話をしてるんだよ。

あと、その飴玉……何に使うつもりなの？

すっごく卑猥《ひわい》な妄想しか膨らまないんだけど……。

「せ、先輩は、私とキスをするのは……嫌ですか？」

と、あまりにも破壊力のある彼女の一言に、俺は一瞬昇天しそうになる。

嫌だと？　水無月鈴音とキスをするのが嫌だと？

そんなはずがない。だけど、鈴音ちゃんはいいのか？

彼女はデートという疑似恋愛をしてしまったせいで、理性を見失ってしまっているんじゃ……。

今は雰囲気に飲まれてこんなことを言っているけど、後で後悔するんじゃ……。

なんて一人あたふたしていると、鈴音ちゃんはゆっくりと瞳を閉じて背伸びをした。

ダメだ……もう逃げられない……。

そして、二人の唇がいよいよ触れようとした……その時だった。

「りゅ、りゅ、りゅうたろおおおおおっ!!」

俺と鈴音ちゃんの唇が触れるその直前、そんな声が俺の耳をつんざく。

俺と鈴音ちゃんは慌てて声のした方向に顔を向けると、そこには見知った顔があった。

水無月翔太が鬼の形相で俺を睨みつけていた。

どうやら俺は五分五分の賭けに負けたらしい。

第四章　翔太の変態トロフィー

「竜太郎《りゅうたろう》、どういうことか説明してもらおうじゃねえか……」

考えられうる最悪のタイミングだった。よりにもよって、俺と鈴音《すずね》ちゃんが口づけを交わそうとしたその直前に、翔太《しょうた》は姿を現した。翔太はじっと俺を睨《にら》んだまま微動だにしない。

あ、これ完全に怒ってますわ……。

話が違うじゃねえか親友よっ!!

俺は一週間睡眠時間を削って、お前の性癖を書き換えてやったはずだぜ？

なのに、なんでお前は変態トロフィー『妹を束縛して喜ぶ』を心に宿しているんだよっ!?

このキレっぷりだ。それはもう頑丈な頑丈な鋼鉄製の変態トロフィーに違いない。

誰に貰《もら》ったんだ？　そんな立派なトロフィー。

「聞こえなかったか？　竜太郎。なんでお前が鈴音と一緒にいるんだ。なんで、お前が鈴音の肩を摑《つか》んでいる。なんで、今にもキスしそうなほどに顔を近づけてるんだよ」

と、そこで翔太はじわじわと俺との距離を詰めるように、こちらへと歩み寄ってくる。翔太の口角はわずかに上がっていた。が、その不敵な笑みが決して好意的なものじゃないってことぐらい、鈍感な俺にだってわかる。

せめて鈴音ちゃんが矢面に立たされないように、彼女を背中に隠してから翔太に体を向けた。

そんな俺の態度がさらに翔太の癇《かん》に障《さわ》ったのか、翔太は一気に俺との距離を詰める。

翔太の顔を見つめながら俺はふと思う。

ってか、何で俺、こいつにキレられてるんだ？

こいつはただ鈴音ちゃんの兄というだけで、恋人でもなんでもない。そんな翔太が俺と鈴音ちゃんが二人きりでいたとして、いったい何に文句をつける筋合いがあるんだよ。

あぁ……そう考えると、無性に腹が立ってきたわっ。

睨みを利かせて俺を威嚇してくる翔太。

が、ここで日和《ひよ》るのはさすがにダサい。

俺は俺でそんな翔太を睨み返してやった。すると翔太はそんな俺が意外だったのか、わずかに動揺するように目を見開いた。

「何を勘違いしているか知らないけど、俺と鈴音ちゃんはお前が思っているような関係じゃないぞ」

「ほう……じゃあ、どういう関係なんだよ」

ああ？　聞きたいか？

なら言ってやるよ………いや、無理だわ。

俺と鈴音ちゃんはよりエロい小説を書くために、お互いの性癖を暴露し合い、時にはスプーンを口の中に突っ込まれたり、紐飴《ひもあめ》をだ液まみれにして遊んだりする関係です……なんて、こいつに絶対言えねえ……。

「と、とにかくお前が思っているような関係じゃない」

思っているよりも俺たちはもっとヤバい関係だ。たぶん、お前、鈴音ちゃんのあんな姿見たら泣くぞ？

はっきりと答えない俺に翔太は「ふんっ!!」と鼻で笑う。

「付き合う直前の、一番楽しい時間を過ごしてますとでも言いたげだな」

全然違います。鈴音ちゃんはそんなピュアな距離感を楽しむような情緒からは卒業しています。

あ、あれ、なんか俺、鈴音ちゃんの悪口言ってねえか……。

ま、まあとにかくだ。

「仮にそうだったとして、兄のお前が俺に対して何の文句を言う権限がある」

「悪いことは言わない。鈴音から手を引け」

「だから、なんで兄貴であるお前に、んなこと言われなきゃなんない」

と、俺たちの言い合いは徐々にヒートアップしていく。と、そこで背中の鈴音ちゃんは俺のシャツをギュッと摑む。

あ、あぁ……なんか悪くない感触……。

そりゃ怖いよな。わかるよ、鈴音ちゃん。自分よりも頭一つ大きい男が大声で言い合いをしているんだ。いくら鈴音ちゃんだって怖いよな。

「埒《らち》が明かないな。だったら教えてやるよ。鈴音にはな、俺が必要なんだよっ!!」

と、声高々に豪語する翔太。

うわぁ……。

なんだろう……さっきからこいつの言葉はなんかクサいんだよ。

なんか自分に酔っているというか……。今の言葉を録音して十年後のこいつに聞かせてやりたいぐらいだわ。

だが、自分に酔いきった翔太の言葉はそれで終わらない。

「鈴音はな、まだ世間を知らないんだよ。それでいて絶世の美少女だ。鈴音が健全に学園生活が送れるように、お前みたいな変な虫が付かないように、俺には妹を保護する義務がある」

唐突に義務を振りかざす翔太。

そこで鈴音ちゃんは俺の背中からひょっこり顔を出した。

「お、お兄ちゃん、その絶世の美少女ってのは、恥ずかしいからやめて……」

そんな鈴音ちゃんに翔太は、少し面食らったように狼狽《ろうばい》する。

「と、とにかくだ。鈴音はまだ高校一年生なんだ。俺は兄として鈴音を守らなくちゃなんない」

翔太は微妙に軌道修正してそう豪語した。

よくもまあ、自分の性癖をここまで捻《ね》じ曲《ま》げて正論を振りかざせるもんだ。

が、翔太の言葉には一理あるのも確かだ。一応、翔太の言葉は筋が通っているように聞こえなくもない。だけど、ここで俺が折れてしまったら、翔太はさらに調子に乗って鈴音ちゃんを束縛するに違いない。

「そうなのか。けど、お前のお母さんはまんざらでもない様子だったぞ」

と、答えると翔太は「お、お前、まさかもうママ……じゃなくてお袋に挨拶も済ませてんのかっ⁉」と目を向いた。

ま、ママっ⁉　え？　翔太ちゃん、もしかしてお母さんのことママって……。

だ、ダメだ。凄《すさ》まじい破壊力の言い間違いに、とんでもないカウンターパンチを食らった気分だ。

そして、その言い間違いは翔太の怒りを加速させる。どうやらその羞恥心が、結果的に彼の怒りに油を注ぐ形になったらしい。

おいおい、今の、俺は何も悪くねえだろっ!!

が、こうなってしまったら翔太も引っ込みがつかない。彼はさらに俺に詰め寄る。

「とにかくっ!! 俺は、お前みたいに鈴音に言い寄ってくるような悪い虫を駆除しなきゃなんないんだよっ」

と、血管が切れちまいそうなほどに顔を真っ赤にして叫ぶ。

事態はあまり良くない方向に向かっていた。翔太のあまりに自分本位な言葉に腹が立って、鈴音母の名前を出して挑発したが、ここでこいつを怒らせて、殴り合いになんてなろうものなら、貧弱な俺ではこいつには勝てない。

それに暴力沙汰になんてなったら、下手したら退学だぞ?

それは鈴音ちゃんの望む結末ではないことはわかる。確かに鈴音ちゃんは翔太の常軌を逸した言動に辟易《へきえき》しているが、それでも翔太は彼女のたった一人の兄貴なのだ。

その兄貴が暴力沙汰で退学なんて彼女は絶対に望まない。かと言って、このまま翔太を野放しにするわけにもいかないのだ。

が、こいつの怒りは頂点に近づいている。下手に刺激したら本気で殴り掛かってきかねない。

翔太の心の中に『妹を束縛して喜ぶ』と書かれた変態トロフィーがある限り、鈴音ちゃんは幸せになれない。だとしたら、何が何でもこいつを打ち負かさなきゃ俺たちは前に進めない。

「俺たちがお前の思っているような関係じゃないって言ったのが聞こえなかったのか？」

「そういや、そんなこと言ってたな。まあ、明確な返答はまだ貰えてないようだけどな」

「俺は鈴音ちゃんからある相談を受けていたんだよ」

「相談？　なんでお前みたいな男に鈴音が相談なんかしなきゃなんない」

正直なところ迷っていた。これを口にしてしまったら、翔太が理性を失って暴れまわってもおかしくなかったからだ。だけど、こいつの鋼鉄の変態トロフィーを打ち砕くには、リスクを取る覚悟が必要だった。

「俺じゃなきゃダメなんだよ。俺はお前の親友だからな」

翔太は少し驚いたように目を見開いた。きっとそれはこの期に及んで俺が翔太を親友呼ばわりしたからだと思う。が、翔太はすぐに再び俺を睨む。

「優しい鈴音ちゃんはな……ずっと、お前のことを心配していたんだよ」

「鈴音が俺を心配？　言っておくがはったりは利かねえぞ」

こいつどこまで自分に自信があるんだよ……。

「はったりじゃねえよ。鈴音ちゃんはずっと心配していたんだ。お前のことをな」

「ほう……はったりじゃないなら言ってみろよ。鈴音が俺の何を心配するんだ？」

もう引き返せない。

俺は一度深呼吸をした。そして、翔太を睨みつけると言葉を大にして叫ぶ。

「てめえが妹モノの官能小説に夢中になってることをだよっ!!」

俺の叫び声は住宅街へと響き渡った。

「鈴音ちゃんはずっと心配してたんだ。お前がよりにもよって実の妹と近親相姦《きんしんそうかん》する官能小説に夢中になっていることを心配して、変な道に進まないかって俺に相談してきたんだ」

言っちまった……ついに俺は言ってしまった。

その言葉はあたりに響きわたり、やがてあたりを沈黙が襲う。その言葉に翔太はしばらく何も答えなかった。翔太は目を丸くしたままじっと俺を見つめて身動きが取れないでいた。

が、身動きの取れない翔太の頬《ほお》がみるみる赤くなっていくのが分かった。

「ぬおおおおおおおおおおおおっ!!」

直後、今度はそんな雄たけびとも悲鳴ともつかない叫び声が住宅街に響き渡った。

「なんでだ。なんで鈴音がそんなことを知ってるんだ。おかしい。俺は鈴音には絶対にバレないようにしてたはずだ。それなのに、それなのに、なんでそんなことを……」

と、翔太は叫び声を上げたかと思うと、今度はそんなことをぶつぶつと呟《つぶや》き始める。

や、やばい……翔太が壊れ始めている気がする……。

翔太の顔を見ていると、鋼鉄の変態トロフィーからピキピキとひびの入る音が聞こえてきそうだった。

効いたってことだよな。俺の一撃は翔太に効いたってことだよな。だとしたら、追い打ちを掛けなきゃなんない。

「翔太、お前がソファで寝落ちしたときに偶然、鈴音ちゃんが見つけちまったそうだ。それから鈴音ちゃんは、お前のことが心配で心配で仕方がないんだよ。それに官能小説を読むようになってから、お前の態度が高圧的になったことも鈴音ちゃんは心配してたんだ。だからお前の親友である俺に鈴音ちゃんは相談した。た、確かにさっきは少し鈴音ちゃんとそういう空気になったことは認める。だけど、お前への心配と比べたら、そんなこと大した問題じゃない」

翔太は膝から崩れ落ちた。そして頭を抱えながらその場に蹲《うずくま》る。

ああ、やっちまったよ。仕方がなかったとはいえ、心が痛む。

俺は蹲る翔太を見つめた。彼は体を小刻みに震わせていた。

「せ、先輩……」

と、そこで心配そうに鈴音ちゃんが、俺の背中から体を出す。

そりゃそうだ。実の兄がこんなことになっているのだ。優しい鈴音ちゃんは何よりも兄の心配をする。彼女は翔太の目の前にしゃがみ込むと、心配げに翔太を見つめた。

きっとここは俺の出る幕ではないのだ。

それに翔太のプライドと変態トロフィーはもう何もしなくても勝手に崩れ落ちる。

だから俺はそれを静かに見つめることにした。

「お、お兄ちゃん……」

鈴音ちゃんは兄を呼んだ。もちろん兄は答えない。そりゃそうだ。今、翔太はその羞恥心ゆえに鈴音ちゃんの顔すらまともに見られないはずだ。

それでも鈴音ちゃんは「お、お兄ちゃん……」と、翔太を呼ぶ。

が、やっぱり翔太は返事をしない。

だけど、翔太の体の震えは徐々に落ち着いていくのがわかった。そして、翔太はようやく、顔を上げると俺の顔を見上げる。

そして、

「お、お前だって、一度や二度、妹モノの動画や漫画……読んだことあるだろ？」

そう言って、翔太はニヤリと笑った。

そんな翔太に俺は愕然《がくぜん》とする。

ひ、必殺技……論点のすり替え……。

「なあ、竜太郎。お前だって妹を持つ者としてわかるだろ？　妹なんかに欲情なんてするはずがない。それなのに何かの気の迷いで妹モノに手を付けちまうことなんて誰にだってあるよな？　竜太郎、そんなことないなんて言わせないぞ」

そう言って翔太は「がははははっ!!」と高笑いを上げた。そんな翔太の姿に俺は身震いする。

い、言い返せない……。

確かに翔太の言葉は正論だった。

お、俺だって妹モノのエロ漫画を読んだことも動画を見たこともある……。

だ、ダメだ。言い返せない。何も言い返せない。あと一歩だったのに、俺は土俵際で見事にひっくり返されてしまった。

「そ、それは……」

「だから、お前と鈴音の心配は杞憂《きゆう》だ。俺はあくまで鈴音を保護者として心配しているんだ。変な心配をかけたことは謝るよ。だが、金輪際、鈴音の心配は無用だ。俺は鈴音に欲情なんてしない。するはずがないっ!!」

完全に理論武装した翔太にもはや怖いものなど何もなかった。

それが詭弁《きべん》だってわかっていても、俺は翔太のその変態理論武装を打ち砕く術を持ち合わせていない。

「まあ、今日のところはお前たちに心配をかけたことに免じて、キスをしようとしたことは許してやろう。それに俺とお前は親友だからな。俺は親友には寛大なんだ。だがな竜太郎、次はないぞ。次、鈴音に変な真似《まね》をしてみろ。俺はお前の首をへし折ってやるからな」

「…………」

翔太は自らの勝利を完全に確信していた。

まずい……このままだと鈴音ちゃんは今まで以上に翔太に束縛されることになる。そんなの鈴音ちゃんが求めていることじゃない。

だけど、だけど、それを止める術は俺には……。

翔太は勝利に酔いしれるようにゲラゲラと笑った。そして、立ち上がろうと膝を立てようとしたとき、

「ほ、本当は欲情してるくせに……。この変態お兄ちゃん……」

鈴音ちゃんがそう呟いた。

「す、鈴音ちゃん？」

「せ、先輩……ここからは私に任せてください」

彼女はそう言って優しく微笑《ほほえ》むと、目の前で立ち上がろうとする兄の頭を踏みつけた。

「ちょっとお痛が過ぎるんじゃないかな……」

鈴音ちゃんは翔太の頭を踏んづけながら軽蔑の眼差《まなざ》しを向けてそう呟いた……。

スカートが風でひらひらと靡《なび》いている。

そんな鈴音ちゃんの姿は、フリーキックを蹴る前のエースストライカーと見間違うほど凛々《りり》しい。

え？　これどういう状況？　なんでこんなことになってるのか一ミリも理解できないんだけど……。

「す、鈴音……どういうことだよ？」

どうやら状況が理解できないのは翔太も同じなようだ。

「そ、その前にお礼を言うのが先じゃないかな？」

「お礼？　なんのことかさっぱりだな？」

「へ、変態のお兄ちゃんを踏みつけてくれてありがとうございますって、先にお礼を言うのが先じゃないかな？」

そう言うと鈴音ちゃんはタバコの火でも消すように、翔太の頬を踏んづける足をぐりぐりさせて、もう片方の頬を地面に擦り付けていた。

俺はそこでようやく二つの事実を理解した。一つ目は鈴音ちゃんが怒っているということ。

彼女の声のトーンは俺と話す時とは比べ物にならないぐらいに低く、その目はまるで汚物でも見るようだ。

そして、二つ目の事実。そんな彼女の姿がわずかに俺の性癖を掠《かす》めていること。

大部分の哀れみの感情とともに、わずかに羨ましさを感じて翔太を見やる。

翔太の顔は真っ赤に染まっていた。その表情は怒りと動揺が混じり合っており、その歪《ゆが》み切った表情に寒気すら覚える。

「鈴音、悪い冗談なら今すぐに止めろ。早く止めないといくら妹でも容赦しないぞ？」

「ほ、本当は嬉《うれ》しい癖に……もっと素直になりなよ。本当は嬉しいんでしょ？　私に踏まれて」

「鈴音、てめえっ!!」

さすがに妹ラブの翔太といえど、これには堪忍袋の緒が切れたようだった。翔太は地面に手をつくと力づくで、足の乗った頭を持ち上げようとした。

そんな姿を見てさすがに俺も鈴音ちゃんが心配になる。いくら立っている鈴音ちゃんのほうが体勢的に優位だとはいっても相手は男だ。翔太が本気を出せば鈴音ちゃんの足を払いのけることなんて造作ない。

それに今の翔太なら本気で鈴音ちゃんに手を上げたってなにも不思議じゃない。

だから、俺は彼女を守るために駆け寄ろうとした。

が、

「四月二一日」

鈴音ちゃんは相変わらず軽蔑した目で、不意に数日前の日付を口にした。

「は、はあ？」

と、俺の代わりに翔太がそんな声を上げる。俺も翔太もあまりにも脈略のないその言葉に目を丸くした。

当の鈴音ちゃんは相変わらず軽蔑の目で翔太を見下したまま、再び「四月二一日」と口にするだけだ。

「先生、全編改稿お疲れ様です。先生のせいで僕の性癖が大変なことになっています。妹をイジメたかったはずなのに、妹にイジメられたくなった僕。先生、どう責任をとってくれますか？　わらわら……」

とまるで呪文を詠唱するように淡々とそんなことを言う鈴音ちゃん。

が、そこで不意に鈴音ちゃんの唱えた呪文に聞き覚えがあることに気がついた。

ちょっと待てこれって……あっ!!

「これ、お兄ちゃんが書いた感想だよね？」

と、これまでの控えめな言葉遣いが嘘《うそ》のように、すらすらと口にする鈴音ちゃん。

そうだ。間違いない。それは俺の小説『親友の妹をＮＴＲ』に書き込まれた感想だ。こまめに感想をくれる読者だったからよく覚えている。

確かハンドルネームは『sho_littlesister_moe』さんの感想だ。

ちょっと待て『sho_littlesister_moe』……翔リトルシスター萌《も》えっ!?

嘘だろ……嘘だと言ってくれっ!!

鈴音ちゃんがそう尋ねた瞬間、それまで必死に頭を持ち上げようとしていた翔太の動きがピタッと止まった。

さながら石化の魔法を見せられているようだった。

石化の魔法をかけられた翔太と、その事実のあまりの衝撃に巻き添えで石化する俺。

翔太の顔は本当に石にでもなったかのように、一瞬で血の気が引いて真っ白になったと思うと、直後真っ赤に染まった。

ああ……これは自殺モノに恥ずかしいやつだわ……。

だが、俺はそんな翔太に唯一言ってあげられる言葉がある。

翔太よ……いつもご愛読ありがとうございます。

「お、お兄ちゃん……妹で欲情しないって本当？」

と、鈴音ちゃんは冷めた声で翔太に尋ねた。その言葉に翔太は露骨に狼狽したように体を震わせる。が、翔太はそれでも往生際が悪くひきつった笑みを無理に浮かべた。

「お、お前……さっき俺の言った言葉を覚えてないのか？　妹を持つ男だって時には妹モノの作品に触れることぐらい……あ、あるんだよ……。それなのに、お前はそれだけで俺が妹に欲情するとか言っているのか？」

と、あくまで変態理論武装を盾に頑《かたく》なに鈴音ちゃんへの欲情を認めない翔太。

が、俺にはわかる。翔太が『sho_littlesister_moe』の正体であることを知った俺にはわかる。

翔太……お前は墓穴を掘った。

そして、鈴音ちゃんもまたその言葉を待ってたと言わんばかりに、わずかに口角を上げた。

「三月二日」

そう鈴音ちゃんが口にした瞬間、翔太のひきつった笑みが真顔に戻る。

「す、鈴音……止めろっ!!」

と、懇願する翔太だがもう遅い。

「こののん先生、更新お疲れ様です。先生、事件です。先生の小説のせいでついに僕は妹のことを考えながら……ここからは言えません。更新待ってます……ハートマーク」

「ぬおおおおおおおおおおおおおおおおおっ!! 止めてくれぇぇぇぇぇぇぇぇぇぇぇぇっ!!」

翔太の断末魔のような叫びが住宅街に響き渡った。

そんな翔太にトドメの一撃を食らわせるように鈴音ちゃんは口を開く。

「お兄ちゃん。お兄ちゃんは私のことを考えながら何してたの？」

ダメだ鈴音ちゃん。完全にオーバーキルだぞっ!! これ以上は単なる死体蹴りだ。

まるで抜け殻だった。翔太は焦点の定まらない瞳をきょろきょろさせながら口をパクパクさせている。

かろうじて口にした言葉。

「す、鈴音……止めて……ください……」

「もしかして私のこと、おかずにしてたの？　お兄ちゃんってホント変態だね……」

が、鈴音ちゃんは止めない。

これは本当に鈴音ちゃんなのか？

いやもちろん俺だって彼女から冷めきった目線を向けていただいたことはある。

だけど、俺に向けられたどんな軽蔑の瞳よりも、今、翔太に向けられている目線は怒りに満ちていた。

まるで何かにとり憑《つ》かれたように……。

いや待て。この瞳に覚えがある……。

これは全編改稿したあとのハルカちゃんだ。彼女の心には俺の生み出したハルカちゃんの魂が憑依《ひょうい》しているようだった。

そして、俺は気がついた。

翔太の心の中にある鋼鉄の変態トロフィー。きっとそこに書かれている文字が書き変わったに違いないと。

『妹にイジメられて喜ぶ』

いつの間に……。

俺は愕然とする。それまで俺は翔太に一種の哀れみを覚えていた。だが、違うのだ。その一生モノの屈辱でしかないその光景は屈辱でもなんでもない。そして、鈴音ちゃんは翔太を苦しめているわけでもない。

鈴音ちゃんは大好きな兄のためにご褒美をあげているのだ。

つまり今、鈴音ちゃんの行動は誰一人として傷つけていない。

な、なんて平和な光景なんだ……。

だから鈴音ちゃんは口撃を止めない。

大好きなお兄ちゃんのためにも口撃を止めない。

「お兄ちゃん、血の繋《つな》がった兄妹は恋愛しちゃいけないって知ってる？

お兄ちゃんが私にどんな感情を持ってるか知らないけど、私はお兄ちゃんとえっちなことできないよ。だって私とお兄ちゃんは兄妹だから。

お兄ちゃんは私に欲情してるみたいだけど、私がお兄ちゃんに欲情することは絶対にないよ。そんなこと考えたら寒気がして、気持ち悪いとしか思わないよ。

だけど、お兄ちゃんは私に欲情しちゃうんだよね？

お兄ちゃん、もう一回聞くよ？

私に踏まれてどんな気持ち？

恥ずかしい？

お友達の前で性癖まで暴露されて、こんな風に踏みつけられて、普通は恥ずかしいよね？

なのに今のお兄ちゃん、少しだけ嬉しそうな顔してるよ？

でも、お兄ちゃんは悪くないよね？

お兄ちゃんはこののん先生の作品で性癖を捻じ曲げられちゃったんだよね？

悪いのはこののん先生だよね？

だから私決めたの。気持ち悪いし寒気もするけど、お兄ちゃんが私に欲情するの許してあげる。

お兄ちゃんのこと嫌いになったりしないよ。頭の中で私にどんなえっちなことをしても許してあげる。

お兄ちゃん、本当は私の靴にキスしたいんでしょ？

本当は顔だって上げたいよね？

だって今顔を上げれば私のスカートの中見えるもんね？

妹に踏まれながらスカートの中覗《のぞ》くなんて、こののん先生の小説みたいだね？

いいよ一回だけなら。

今まで私のことを大切にしてくれたお兄ちゃんにご褒美をあげないとね？

ほら、早く顔……上げないの？

私、怒らないよ？

変態さんだなって思うし軽蔑もするけど、怒ったりしないよ。

それとも本当は怒ってほしいのかな？

私の言葉が信じられない？

でも考えて？　今までだって私、お兄ちゃんのこと許してあげてたよね？

お兄ちゃんが私の部屋を物色しても、私の下着が突然なくなっても、私、一度もお兄ちゃんに怒ったりなんてしなかったよね？

全部私は知ってたけど、それでも私は黙っててあげてたよ。

だから今回も許してあげる。私の足元でブタさんみたいにブヒブヒしても許してあげる。

頭の中はお兄ちゃんの自由だもんね。それを記憶に焼き付けて自分の部屋で何をしても私は怒らないよ」

そこまで言って、鈴音ちゃんは優しく翔太の頭から足を下ろした。

翔太の顔の前でしゃがみ込むと、いつものような優しい笑みを浮かべて翔太の頭を撫《な》で始めた。

「お、お兄ちゃん……何か言いたいことはある？」

ようやくいつも通りに戻った鈴音ちゃんは尋ねる。

翔太はというと……。

「鈴音……こんな変態なお兄ちゃんを許しておくれ……」

そう弱々しく呟いてご臨終なさった。

その表情はどこまでも安らかで、憑きものが落ちたような顔をしていた。

「私、お兄ちゃんが変態さんでも大好きだよ……」

そこには兄の魂から悪霊を祓《はら》い満足する変態陰陽師の姿があった。

鈴音ちゃんは優しく兄の亡骸《なきがら》を眺めてからこちらを振り向く。

「先輩……ありがとうございました。お兄ちゃんを助けることができたのは先輩の小説のおかげです……」

「い、いや、どう考えても鈴音ちゃんのおかげだろ」

「そんなことないです。先輩が頑張ってくれなければ、お兄ちゃんはまだ私を束縛しようとしていたはずです。なので、私は最後に一押ししただけです」

一押しどころの騒ぎではなかったような気もするけどな……。

ま、まあ、とりあえずこれで鈴音ちゃんが翔太から執拗《しつよう》に束縛されることはなくなったようだ。

鈴音ちゃんは立ち上がった。そして、俺のもとへと歩み寄ってこようとした……その時だった。

「あら？　鈴音ちゃん？　それに翔太ちゃんも……」

と、そんな声がするので俺と鈴音ちゃんは同時に声のする方向へと顔を向けた。

そこに立っていたのは買い物袋を手に下げた鈴音母の姿だった。

突然現れた鈴音母は、鈴音ちゃんと翔太を交互に見やり首を傾《かし》げていた。

まあそうだろうな。どういう状況だよこれ……。

が、鈴音母は「ま、いっか……」とその尋常じゃない娘息子の光景を一言で片づけると、次に俺の顔を見やった。

そして、

「あ、いたいたっ!!　こののんく～んっ!!」

と、なぜだか嬉しそうに俺の顔を見やるとこちらへと駆けてくる。

あと、どうでもいいけど凄《すご》い揺れてる……何がとかは言わないけど……。

豊満な胸を揺らしながらこちらへと駆けてくる鈴音母の姿がわずかに性癖に刺さりながらも、そんな彼女を眺める。

が、彼女は俺の目の前までたどり着く直前「きゃっ!?」と悲鳴を上げて体のバランスを崩した。

どうやら翔太の死体に足をひっかけたらしい。彼女はスーパーの袋を放り投げると俺めがけてダイブしてくる。

突然のダイブに彼女を受け止めきれなかった俺は、そのまま鈴音母もろとも後ろに倒れ込んだ。

直後、襲う後頭部の激痛とそれを癒《い》やすように顔面を覆う柔らかい感触。

飴と鞭《むち》ってこういうことを言うのか？　そんなことを考えながら倒れていると、不意に視界が開けた。

「ご、ごめんねっ!!　こののんくん……大丈夫？」

と、いつの間にか俺に馬乗りになっていた鈴音母は心配そうに俺を見つめていた。

いやいや、俺の心配よりも自分が息子の死体を蹴ったことの心配したらどうですか？

そう思いつつ、翔太を見やったが、翔太は相変わらず安らかな顔で眠っていたので、心配するのを止めた。

あと、どうでもいいがなんだこの光景……。

俺は住宅の中心に広がるカオスな光景に息を飲む。

倒れる俺とそこに馬乗りになる鈴音母、さらにはそのすぐ傍《かたわ》らではその息子の死体が転がっており、妹がその頭を撫でている。

ああやばい……情報量多すぎだわ……。

「こののんくん、どこか痛いところはない？」

と、相変わらず息子の死体を放置したまま俺の心配をする鈴音母に「な、なんとか大丈夫です」と答えると彼女はホッと胸を撫で下ろした。

あと、鈴音母よ。俺をペンネームで呼ぶのはやめていただけませんか？

一人、俺がこののんだと知らない死体が転がっているので……。

ま、まあ、死んでるから大丈夫だと思うけど……。

が、鈴音母はそんなことなど知ったことではないらしい。俺に馬乗りになったまま、笑みを浮かべると俺に顔を近づける。

「こののんくん、ランキング一位おめでとうっ!!」

と、鈴音母は自分が俺に馬乗りになったままだということも忘れて、ランキング一位を祝福しながら腰をくねらせる。

あ、やばいやばい……刺激が強い……。

「やっぱり全編改稿したのが読者にウケたのね」

「お、おかげさまで……」

「だけどねこののんくん、油断はしちゃだめよ。投稿サイトのランキングは一位になってからが勝負なの。ここからは質のいい話を継続的に投稿しないと、すぐにライバルに追い抜かれちゃうからね」

と、妙に的確なアドバイスをしてくれる鈴音母。

このお姉さん……。たぶんだけど、俺の作品以外も読んでるな……。

その事実がさらに俺の性癖を掠める……。

と、そこで鈴音母はようやく俺に馬乗りになったままなことに気がついたのか「あらやだっ」と少し恥ずかしそうに口を手で覆うと、俺から立ち上がろうとした。が、すぐにバランスを崩して、またドスンと俺の下腹部に尻餅をついた。

その不意打ちのような下腹部への衝撃による痛さと気持ちよさに悶絶《もんぜつ》しそうな俺。

が、彼女は俺の太腿に手をついてなんとか立ち上がると、そこでようやく我が息子の亡骸に目を向けた。

「鈴音ちゃん、翔太ちゃんはどうして、そんなところで眠ってるの？」

と、自分も一部加害者であることにも気づかずに鈴音ちゃんにそう尋ねる母。そんな母親に鈴音ちゃんは顔を上げて微笑んだ。

「今ね、かわいそうなお兄ちゃんのこと……なでなでしてあげてるよ」

全く説明になっていない説明をする鈴音ちゃん。が、鈴音母にはそれだけの情報で十分だったようだ。

鈴音母は目をキラキラさせると「お兄ちゃんの頭をなでなでなんて、なんて優しい妹なのかしら？　こんな優しい女の子誰が産んだの？　は〜い、私っ!!」と言って鈴音ちゃんのそばにしゃがみ込むと彼女をぎゅっと抱きしめた。

鈴音ちゃんの頬に自分の頬をすりすりする鈴音母。そんな母に鈴音ちゃんは少し恥ずかしそうに「ま、ママ……くすぐったいってば……」と頰を赤らめる。

なんだこの光景は……よくわからんけどすごくいい……。

唐突な百合《ゆり》展開に心の中で『ハグ助かります』と呟きながら眺める。

しばらく鈴音母は鈴音ちゃんをぎゅっと抱きしめたところで、不意に彼女から体を離すと今度は息子へと視線を落とした。

「翔太ちゃんっ」

「ひぃ………」

ママからの呼びかけに翔太は鼻から抜けるような情けない声で返事をする。

どうやらかろうじて生きているようだ。

「翔太ちゃん、今日は鈴音ちゃんにいっぱい遊んでもらったのかしら？」

「ひぃ………」

「翔太ちゃんは本当に優しい妹に恵まれたわね。そんな妹のこと泣かせちゃだめよ？」

「ひぃ………」

果たして本当に意思疎通ができてるのだろうか……。

まあ、どうでもいいけど。

とりあえず翔太の後始末は鈴音母に任せておけば大丈夫そうだ。

鈴音ちゃんへと視線を向けると彼女もそのことを察したらしく、立ち上がって俺のもとへと駆け寄ってきた。

「ママ、お兄ちゃんの回収お願いしてもいい？」

「本当に翔太ちゃんはいくつになっても手のかかる子どもね。でも、そんなところが翔太ちゃんの可愛いところだもんね～」

「ひぃ………………」

あ、翔太ちゃん、すげえ嬉しそうな顔してる。

ということで俺と鈴音ちゃんはその場をあとにすることにした。

「翔太のことよろしくお願いします」

と鈴音母に頭を下げると、彼女は「はいは～いっ!!」と俺に手を振った。

可愛い。

「先輩、行きましょ？」

と、俺を見上げる鈴音ちゃんに「そうだな」と答えて俺たちは歩き出す。

だが、少し歩いたところで背後から「あ、そうだそうだ」と鈴音母の声が聞こえてきたので足を止めた。

「こののんくん」

「はい、なんでしょう」

「こののんくんはこれからどうするの？」

なんすか、そのざっくりとしすぎた質問は……。

「なにって、これからも生きていきますが」

「小説の話よ。こののんくんはプロの小説家を目指しているの？」

あ、なるほど小説の話ね。

「まあプロになれればいいなとは思っています。なれるかどうかは別として」

もちろんプロの小説家になれれば、それほど名誉なことはない。本になればそれだけ多くの人に小説を読んでもらえるし、いやらしい話だけどお金だって貰える。

だけど、いくらランキング一位を取ったからって、すぐにプロになれるかと言われれば、そう簡単ではないのも事実だ。

「あら、そうなのね。それじゃあ、きっと何日かすればきっとこののんくんにとって良いことが起きるわよ」

「はい？　どういうことですか？」

「クスクス……それはヒミツっ!!」

と、鈴音母は可愛らしく人差し指を口に当てた。

鈴音母が何の話をしているのか全く理解ができなかったが、これ以上追求しても答えてもらえないだろうから諦めることにした。

「じゃあ俺たちは行きますね」

と再び頭を下げると鈴音母は「今度は深雪《みゆき》ちゃんもつれてにうちに遊びにおいで」と手を振って見送ってくれた。

　ということで今度こそ鈴音母と翔太のもとを後にした俺たちだったが、住宅街を少し歩きいよいよ二人が見えなくなったところで俺は足を止めた。

　そんな俺に鈴音ちゃんが可愛らしく首を傾げる。

「ど、どうしたんですか？」

「鈴音ちゃん……そろそろいただけないでしょうか？」

　俺が欲しいもの……それはなでなでである。

　翔太とひと悶着あったせいで忘れられているかもしれないが、俺はずっとこのときを待っていたのだ。

　俺の問いに鈴音ちゃんは言葉の意味を理解したようで、わずかに頬を染めた。

　可愛い。

　さっき実の兄を言葉責めで半殺しにしたとは思えない可愛さである。

「じゃ、じゃあ先輩……頭を出してください」

「はいよろこんで」

　と、答えると俺は素直に鈴音ちゃんにつむじを見せた。

　いよいよである。

このために俺はこれまで頑張ってきたのだ。そして、その努力は今こそ報われる。

だが、そんな俺が感じたのは鈴音ちゃんの手の感触……ではなかった。

「んんっ……」

突然、視界いっぱいに鈴音ちゃんの顔が現れた。こんなにも間近で眺めても変わらない完璧な彼女の可愛さに驚かされた俺だったが、それ以上に驚いたのは唇に触れた柔らかい感触。

鈴音ちゃんは瞳を閉じたまま、自分の唇を俺のそれに押し当てていた。俺はその突然の出来事に反射的に身を引きそうになった。

が、いつの間にか俺の首に腕を回していた鈴音ちゃんはそれを許してくれない。彼女はぎゅっと腕に力を入れると一瞬離れそうになった唇を再び押し当てた。

なんて幸せな感触。

俺はいつまでもこの感触を味わっていたかった。が、鈴音ちゃんはゆっくりと唇を俺から離すと、恥ずかしくなったのか頬を朱色に染めたまま、俺から顔を背けた。

「た、たまにはこういうご褒美はどうですか？」

そう尋ねた。

その言葉に俺も恥ずかしくなって、顔を背ける。

なんでだろう。俺と鈴音ちゃんはこれまで何度も他人には言えないような、恥ずかしいことを繰り返してきた。

それなのに……それなのに、極々普通のカップルが交わす当たり前の行為に、今まで感じたことのないような胸騒ぎがした。

そんな不思議な気持ちになりながら俺は小さく呟いた。

「大変よろしゅうございました……」

「こ、これからも先輩の小説のお役に立てるよう……がんばります……」

そう言って彼女は優しく微笑んだ。

その日の夜。俺の書く小説『親友の妹をＮＴＲ』に感想が書かれた。書いたのは俺の作品によく感想をくれる『sho_littlesister_moe』さんだった。

最新話の感想欄に一言『もっと……もっと激しくお兄ちゃんをイジメるシーンが読みたいです』と書かれていた。

俺はその感想をしばらく眺めて……ノートパソコンをそっ閉じした。

エピローグ

SHINYU no IMOUTO ga KANNO-SHOSETSU no MODEL ni natte kureru rashii

俺と鈴音《すずね》ちゃんを取り巻く巨大な嵐はようやく去った。

俺の書いた官能小説のせいで大幅に性癖を歪《ゆが》めることとなった翔太《しょうた》だったが、俺の全編改稿した新生『親友の妹をＮＴＲ』と鈴音ちゃんの踏み踏みプレイのおかげで翔太の性癖は無害化した。

これですべて解決っ!!

もう鈴音ちゃんは翔太から束縛されることもない。

そう思っていた。

少なくとも月曜日の朝を迎えるまでは。

確かに翔太は鈴音ちゃんを束縛することはなくなった。

が、急激な性癖転換は翔太の体に思わぬ副作用を及ぼすこととなった……。

月曜日の朝、毎週のように今日からの一週間を憂いながら家を出た俺は、いつもの待ち合わせ場所で翔太の姿を見つけた……のだが、

翔太の姿を見つけた俺は我が目を疑った。

そこに立っていたのは確かに俺の親友、水無月《みなづき》翔太だった。

が、何かが違う……一見、いつも通りの翔太なのだが何かが違う。

まずはその気持ち悪いほどのさわやかな笑顔と白い歯。そして、背筋をピンと伸ばして健気《けなげ》に俺に手を振る仕草。だが一番の違いはその髪型だった。

翔太は丸坊主になっていた。

彼は白い歯を俺に見せたまま、こちらへと歩いてくる。

なんか怖いんだけど……。

翔太は俺の前までやってくると「やあ、竜太郎《りゅうたろう》、おはようっ!!」と、これまた気持ち悪いほどにさわやかな笑顔で俺に挨拶をした。

「お、おう……おはよう……」

「今日は健やかな天気だね。だけど、夕方には通り雨があるらしいから、折り畳み傘を持っておいたほうがいいみたいだよっ!!」

そんな親友の姿に俺はいてもたってもいられなくなった。

翔太の肩を掴《つか》むと彼の体を激しく揺さぶる。

「おい翔太どうしたっ!?　何か悩みでもあるのか？　あるなら俺で良ければなんでも話してくれ」

いや、薄々俺のせいな気はしているよ？　だけど、少なくとも俺の官能小説の内容は、翔太をこんなにもさわやかな少年にするような内容ではなかったはずじゃん。

むしろ逆じゃん。

心配する俺に翔太は相変わらずの笑顔で口を開いた。

「悩みがあるかだって？　むしろその逆だよ。今の僕の心は晴れやかさ。それに僕の心を晴れやかにしてくれたのは鈴音と竜太郎じゃないかっ!!　その節はどうもありがとう」

そう言って深々と頭を下げる翔太を見て俺は確信する。

あ、やばい……こいつ悟りを開いている……。

翔太は、昨日自らの性癖を暴露された上に、俺の前で実の妹に踏まれるという醜態を晒《さら》した。

おそらくその結果、翔太の心の中にくすぶっていた感情は全て解放されたのだ。そして、なんだかんだあって、こうなったらしい……。

「翔太……なんかすまん……」

と、晴れやかな翔太とは裏腹に、大切な親友の人格を変えてしまったことに対する申し訳なさがすごい。が、そんな俺の後悔とは裏腹に翔太の笑顔は晴れやかなままだ。

「せ、先輩っ……そ、それにお兄ちゃんも……」

と、背後から声がしたので俺は振り返った。そこにはこちらに向かって手を振りながら駆けてくる美少女の姿。

鈴音ちゃんだ。

学園のアイドルにして学園一の淑女である彼女は今日も、この快晴の空よりもさわやかな笑みを浮かべていた。

俺たちのもとへとやってきた彼女は俺を見やると「先輩、おはようございます」と俺に頭を下げる。

俺は彼女が頭を上げたところで彼女の腕を掴むと、彼女を引っ張って翔太から距離を取るように近くの桜の木の陰へと向かう。彼女は引っ張られながら「せ、先輩……今日は何だか強引なんですね……」と頰《ほお》を赤らめた。

「お、おい……あいつは誰だよ。俺、あんな男知らないんだけど……」

確かに翔太の心が入れ替わったことを期待して今日ここにやってきた。

だけど俺が望んでいたのは鈴音ちゃんを束縛するようになる前の翔太だ。俺のどんな記憶の中にもあんな仏みたいな翔太はいない。

泣きそうになりながら翔太を指さすと鈴音ちゃんは首を傾《かし》げた。

「だ、誰って……お兄ちゃんですけど……」

「見た目は確かに俺のよく知る親友に似ている。けど、なんか違うんだよ……なんか、世界で一番高尚なお坊さんみたいになってるんだよ……」

「あ、あぁ……実は昨日からずっとああなんです。昨晩なんて遅くまで写経してましたよ……」

OH……NO……。

「本当に大丈夫なのかよ？」

「私だってわかんないです……。ですがママが言うには、お兄ちゃんは大人の階段を上っている最中だそうです。温かく見守ってあげてほしいそうです」

大人の階段というよりは悟りの階段上っちゃってるけど……。

相変わらず楽観的な母親だな。

なんて考えていると、遠くで翔太が手を振る。

「きみたち、そんなところでぼーっとしていると、遅刻しちゃうぞ」

「お、おう、すぐ行く……」

ダメだ。やっぱり重症だ……。

俺と鈴音ちゃんは翔太のもとへと戻ることにした。

とりあえずは温かい目で見守るしか俺たちにできることはないようだ。

ということで俺たち三人は学校へと歩いていく。

だが、しばらく歩いたところで鈴音ちゃんが不意に「あ、ああ、そうだ先輩……」と足を止めると鞄《かばん》の中をまさぐり何かを取り出した。

彼女はわずかに頬を染めると俺にそれを差し出した。

「せ、先輩の分です……よろしければ食べてください……」

「鈴音ちゃんこれって……」

彼女が差し出した物……それはお弁当だった。

「そ、その……迷惑だったでしょうか……」

「んなわけないじゃん。嬉《うれ》しいよ。いつも翔太に渡してるのを見ていて、羨ましいなって思ってたぐらいだし」

不安げに俺を見つめる鈴音ちゃんに慌てて首を横に振る。

嫌なはずあるか。なんなら言い値で買いたいぐらいだ。

鈴音ちゃんはそんな俺の言葉に少し恥ずかしげに頬を染めると「そ、そうだったんですか？」と小さく呟《つぶや》いた。

なんだろう……俺、今すごく幸せです……。

が、俺は幸せを感じると同時に、そんな俺たちのやり取りを見ている翔太が気がかりだった。

おそらく翔太は改心した。が、さすがに翔太の目の前で鈴音ちゃんのお弁当を受け取るのは刺激しすぎじゃないか？

ちらっと翔太へと視線を向ける。すると、そこには相変わらず真っ白い歯を見せてギラギラとした瞳で俺を見つめるキモイ翔太がいた。

「竜太郎。これは竜太郎の栄養バランスを気にした鈴音からの思いやりだ。俺からも頼む。鈴音の弁当を受け取ってやってくれっ!!」

深々と頭を下げられた。

やばい、やりづれえ……。なんなんだよこの変態達観者は……。

え？　なんなの？　こいつマジで死んで転生したのか？

愕然《がくぜん》とする俺に鈴音ちゃんが苦笑いを浮かべる。

「先輩、しばらくの我慢です。二人でなんとか耐えましょう……」

我慢したら本当に元通りになるんだろうな……。

鈴音ちゃんのそんな言葉には甚だ疑問は残るが、信じるしかないようだ。

俺と鈴音ちゃん二人して苦笑いを浮かべていると、翔太は何やらハッとしたように目を見開いた。

「翔太、どうかしたのか？」

「俺としたことが……俺としたことが……」

「おうおうどうした？」

発作か？　何かの発作か？

突然そんなことを言いだして頭を抱える翔太に身構える。すると、翔太は俺のもとへと歩み寄ってくると、俺の両手を包み込むように摑んできた。

「俺が一緒に登校してしまっては二人の邪魔になってしまうではないかっ!!」

「いや、別に邪魔なわけではないけど……」

普通でさえいてくれればな。

が、翔太はぶんぶんと首を横に振る。

「いや、俺が二人の邪魔をしてはダメだ。じゃあ俺はここで失礼するよっ!!」

そう言って翔太は俺から手を離すと猛スピードで学校のほうへと駆けて行った。

ホントなんなんだよ……。

ということで俺と鈴音ちゃんは翔太の計らいによって二人きりになった。

「お兄ちゃん行っちゃいましたね……」

「そうだな……」

取り残された俺たちは遠のいていく翔太の背中を見つめながら呆然《ぼうぜん》と立ち尽くす。

が、しばらくしたところで鈴音ちゃんが「私たちも行きましょうか」と言うので、俺たちはゆっくりと学校へと歩き出した。

俺の隣を少し恥じらうように歩く鈴音ちゃん。

可愛《かわい》い。

「あ、先輩、そう言えば、まだ最新話の感想を書いていませんでしたね」

と、しばらく歩いたところで鈴音ちゃんはそう言ってポケットからスマホを取り出した。そう言えば最新話の鈴音ちゃんの感想をまだもらっていない。どうやら彼女は目の前で俺の小説の感想を書いてくれるようだ。

スマホをいじりながら「ちょっと待っててくださいね」という鈴音ちゃんを横目に彼女の隣を歩く。

そして、しばらくしたところで俺のスマホから♪ピロリロリンと音が鳴った。

どうやら鈴音ちゃんが感想を書き終えたようだ。

スマホをポケットから取り出すとそこには『あなたにメッセージが届きました』という通知。

ん？　メッセージ？

感想欄ではなくてＤＭで感想を送ってきたのか？

なんて考えながらも、小説サイトを開いた。

そこに表示されたのは鈴音ちゃんの感想……ではなかった。

『ヴィーナス文庫様よりこののん様へ書籍化打診のお知らせ』

小説サイトには確かにそう書かれていた。

番外編

変態の寄り道　俺の妹が変態かもしれない件

とある初夏の夜。

長袖を着るには少し暑いけれど、半袖を着ると少し肌寒い、体調管理の難しい日が続く中、俺、金衛《かなえ》竜太郎《りゅうたろう》は今日も官能小説を執筆する。

ここのところ小説の評判がすこぶる良い。おそらくランキングの一位を取ったことによって、俺の作品がサイトの目に付く場所に表示されることが多くなったおかげだろうが、嬉しいと思う反面、更新をしなければならないという強迫観念もすごい。

なぜか官能小説サイトに詳しい鈴音《すずね》母が言っていたように、せっかくランキングの一位を取っても更新をしなければランキングはすぐに下がってしまうのだ。

だから一日とて俺に休みは許されない。書いて書いて書きまくるしかないのだ。

ということで今日も夜遅くまで自室で執筆活動に勤《いそ》しんでいた俺だったが、ふとコンコンと誰かがドアをノックしてきたので、慌ててパソコンを閉じるとドアへと視線を向ける。

「おにい……起きてる？」

そんな声とともにドアが開き、そこには我が妹、深雪《みゆき》の姿があった。

小さなウサちゃんのイラストが無数に描かれたパジャマを身に着けており、頭にはサンタクロースみたいな睡眠キャップをかぶっている。

ってか、睡眠キャップかぶって眠る奴《やつ》なんてお前以外に漫画でしか見たことねえぞ……。

「どうかしたのか？　こんな夜遅くに？」

「さっきおばけの映画見たから、今日はおにいの部屋で寝る……」

そう言うと深雪は眠いのか瞼《まぶた》を手で擦る。

深雪は昔から心霊系が大の苦手なのだ。そのくせに頻繁にそんな番組や映画を観《み》ては結局怖くなって俺の部屋に寝に来るのだ。

が、俺の答えは決まっている。

「はあ？　それはお前の責任だろ。もう高校生なんだから一人で寝ろ」

なんというかここで深雪に部屋に居座られるのは面倒だ。なにせ俺は今日の更新をまだ終えていないのだ。二位の作品が迫ってきている中、ここでサボってしまったら一気に追い抜かれてしまいかねない。

が、深雪は「ねぇ、お願い……いいでしょ？　こんなに可愛い妹が無料で添い寝してくれるんだよ？」とあくまで居座るつもりらしい。

ふん、そんな甘い言葉で実の兄が惑わされるとでも思っているのか？　このバカな妹は。

残念だな深雪。妹属性が通用するのは創作の世界だけだ。

リアルの妹なんて、当たり前だが恋愛の対象になんてならないし、兄というものは妹をそんな目で見ることは絶対にないっ!!

あ、あれ？　なんか身近にそんな兄がいたような気がしないでもないけど……き、気のせいだ……。

とにかくそんな誘惑に乗るつもりはない。

「ダメだな。俺はこれから課題を終わらせなきゃいけないんだ。気が散る」

「え？　課題ぐらい私が解いてあげるよ。どの科目？」

と、深雪に言われて俺は思い出す。

そ、そうだった……この子めちゃくちゃ勉強できるんだったわ……。

深雪は金衛家の希望の星だったことを思い出す。

深雪は小学生のときからとにかく学校の成績が天才的に優れていて、前回の模試でも全国トップレベルの成績を叩《たた》き出《だ》して家族パーティを開いたんだった……。

深雪にとっては一学年上の授業内容など、おちゃのこさいさいだ。

「ほ、ほら、課題ってのは自分でやらないと身につかないだろ？　だから俺は自力で頑張りたい」

「先週、一〇〇〇円で私に課題やらせてたおにいが、そんなこと言っても説得力がないけど？」

「そ、それは……」

あ、ダメだ。完全に論破されている……。

「おにい今日だけだからお願い。それにたーくんもおにいと寝たいって言ってるよ？」

そう言うと胸に抱えた枕代わりのウサギのぬいぐるみの手を掴むと「たーくんも竜太郎お兄ちゃんと一緒に寝たいっ‼」たーくん（CV金衛深雪）が俺にせがんでくる。

「んな子ども騙《だま》しで俺を欺けるとでも思ってんのか？」

「ねえお願い」

「ダメだな。そんなに怖いなら親父《おやじ》とお袋と一緒に寝ろ」

そう言って俺はわざとらしくスマホを操作して相手にしてない感を出していると、深雪がたーくんを抱きかかえたまま俺のもとへと歩み寄ってきた。

「一緒に寝ろってのが聞こえなかったのか？　殺すぞ」

「…………はい……寝ます」

こっわ……。

ということでドスの利いた深雪ちゃんの声によって、今夜深雪さんに俺の部屋でお眠りいただくことが決まった。

俺の二つ返事に深雪は満足したようで「わぁ～たーくん良かったね。今日は久しぶりに竜太郎お兄ちゃんと一緒に眠れるね」とたーくんと二人で喜びあった。

「…………」

面倒なことになった……。とても面倒なことになった……。

何食わぬ顔で俺の布団にたーくんと潜り込む深雪を眺めながら、頭を抱える。

さすがにここでパソコンを開いて官能小説を執筆する勇気はないし、かといってこの大事な時期に連載を休むのも怖い。

しょうがない……スマホで執筆するか……。

ということで、少し書きづらくはあるがスマホでメモ帳アプリを開くと、渋々、小説を執筆していく。

が、それも束《つか》の間《ま》。

「おにいも布団に入って」

と、深雪ちゃんはぺろりと布団を開くとマットレスをぽんぽんと叩いた。

「いや俺はまだ寝ないぞ。やることあるし」

「おにいもそばで寝て」

「いや、なんでお前と添い寝しなきゃなんない。俺は床で寝るし」

「そ、それだと夜中におばけに足引っ張られたときに、おにいのこと巻き添えにできないじゃん……」

「俺のことを巻き添えにするな。おばけの世界には一人で行け」

「おにい、早く来てってば」

と、駄々《だだ》をこねるように何度もぽんぽんとマットレスを叩く。

どうやら添い寝する以外に選択肢はないらしい。

面倒くせぇ……。

が、ここでまた拒否するとドスの利いた声で脅されるのは目に見えているので、添い寝するしかない。

俺は「はぁ……」とため息を一つベッドにもぐりこんだ。

まあこいつに背中を向けながらこっそり執筆するしかねえか……。

幸いなことに図書室で執筆をするようになってから、スマホには覗《のぞ》き見《み》防止のフィルターも貼ってある。こいつが覗き込んできたら物音でわかるだろうし、寝ながら書くしかねえか……。

ということで深雪に背中を向けると再びメモ帳を開いて執筆を始めた。

幸いなことに深雪もそばで寝転んでさえいれば文句はないようで、何も言ってこなかった。

ということで背後からの視線を気にしつつもポチポチ入力していると、Tシャツの背中の部分を深雪がぎゅっと摑んできた。

どうやら本気で、俺をおばけの世界に道連れにするつもりらしい。

なんだかんだ言って可愛いやつだなぁ……。

なんて不覚にも深雪のそんな行動にほっこりしていると、ふと背後から吐息が聞こえてきた。

「んんっ……」

え？　なに今の吐息……。

その深雪ちゃんらしからぬ色っぽい吐息に、思わず執筆の手が止まる。

あと、吐息と同時に俺のＴシャツを掴む手に力が入った気がするんだけど……。

「み、深雪ちゃん？」

と、彼女に背を向けたまま声をかけてみる。

「んんっ……」

吐息で返事をされた。

「…………」

なんだろう……すごく嫌な予感がするんだけど……。

そのあまりにもいつもと様子の違う妹の姿に動揺しつつも、とりあえず聞かなかったことにした。

胸がざわつくのを抑えながらなんとか平常心を保ちながら、再びスマホでポチポチしていた俺だったが――。

「は、ハルカちゃん、そんなところに跨《また》って……凄《すご》い……」

OH……NO……。

今、ハルカちゃんって言ったよね……。奇遇なんだけど、俺の書いている官能小説のヒロインの名前もハルカちゃんっていうんだよね……。

俺はふとスマホのカメラアプリを起動してみた。そして、右上の切り替えボタンをタップしてインカムに切り替えると、そこには陰キャ官能小説家のご尊顔が表示される。

うぅ……相変わらずひどい顔だな……。

と、数秒間、自己嫌悪に陥ってからスマホを天井へと向けて少し上げてみる。すると、画面には俺の背中をぎゅっと摑む我が妹の姿が写し出された。

「………」

我が妹は何やら頰を真っ赤にしながら自分のスマホを眺めている。彼女はなにやら下唇を人差し指で撫《な》でながら、恍惚《こうこつ》とした目で夢中で画面を見つめていた。

この目……完全に官能小説をキメてる人間の目だ……。

深雪ちゃん止めて……そんなどこぞの変態淑女の女の子みたいな顔でスマホを見つめないで。

深雪ちゃんは金衛家の希望の星なんだよ？

せめてお兄ちゃんの前では健気な女子高校生でいて……。

カメラ越しに妹の変わり果てた姿を見つめながら俺は確信した。

どうやら深雪は俺の官能小説を読んでいる……。

え？　地獄？　ここは地獄ですか？

兄の背中にしがみつきながら官能小説を読む妹と、妹にしがみつかれながらその官能小説の最新話を執筆する兄。

地獄絵図じゃねえかよ……。

もちろん健気で可愛い妹を官能小説堕《お》ちさせた人間が誰なのかは、火を見るよりも明らかだ。

水無月《みなづき》鈴音……。

あの変態女以外にありえない。

そういえばあの変態女、前にいつかは深雪にも読ませたいとかなんとか言ってたよな……。

あぁ……すべてが符合しやがる。これはもうあの変態女の仕業に違いない。

俺はメッセージアプリを開いた。

ここは先輩として暴走する鈴音ちゃんにガツンと注意しておかなければ……。

ということで鈴音ちゃんに電話をするためにベッドから出ようとしたのだが。

「お、おにいどこ行くの？」

俺のTシャツを掴んだ深雪がスマホから顔をあげる。

「ちょっと電話だよ。翔太《しょうた》から電話くれってメッセージがきたから」

とりあえず翔太の名前を使って部屋を抜け出そうとしたのだが、深雪は俺のTシャツから手を離してくれない。

「わ、私おばけが怖いからおにいの部屋に来たのに、意味ないじゃん……」

「五分ぐらいで戻ってくるから心配するな」

「だ、だめだよ。おばけって一人になったときに襲ってくるんだよ……」

「大丈夫だよ。ほら、それにたーくんもいるし」

「え？　たーくんはただのぬいぐるみだけど」

と、突然のマジレスである。

さっきたーくんもおにいと一緒に寝たいとか言ってたくせに掌《てのひら》返しが凄いですぞ……。

とにかく深雪は俺の退出を許してくれないようで、立ち上がろうとした俺の背中を強引に引っ張ってベッドへと引き戻した。

「おにい……おにいもこれ読んでみる？」

そして地獄の幕開けである。

「おやおや深雪ちゃんったら何をおっしゃっているのですか？」

「あのね……鈴音ちゃんに教えてもらった作品なんだけど、凄く面白いんだよ」

「そ、そっか……」

ごめんな。俺、その作品のこと深雪ちゃんよりよく知ってるんだよ……。

だって俺、作者だし。

「私もハルカちゃんみたいにあんな風にかっこよく跨ってみたいな。ぺちぺち鞭《むち》で叩くハルカちゃんかっこいいんだよ」

跨って鞭で叩く？

……ああ、第五二話のことか……。酔っぱらったハルカが女王様モードに入って遼太郎《りょうたろう》を調教する話だな、たぶん。

ってか深雪のやつ。もうそんな最新の話まで……。

「ハルカちゃんの調教シーンもいいよね？」

目をキラキラさせながら面白さを俺に伝えてくる深雪。

あ、これは鈴音ちゃんが俺に作品の感想を伝えてくれるときの目だ。

なんだろう……俺の作品に夢中になってくれているという作者としての喜びと、それを読んでいるのが実妹だという絶望で、感情がおかしくなっちゃいそう……。

「み、深雪ちゃん……おにいはそんな感想聞きとうない」

「え？　あ、ごめんね。これから読むのにネタバレしちゃつまんないよね」

「いや、そういうことじゃなくて……」

ネタバレも何も書いてるの俺だから……。

「そっか。おにいそんなに興味があるんだ。ちょっと待ってて。じゃあ一話に戻すから一緒に読もうよ」

そう言って深雪はスマホをタップして何かを操作すると、何やら俺へと体を寄せてきた。

え？　なにこの地獄……。俺、今から実妹と一緒に官能小説読まされるの？

俺、そんなことしたら罪悪感で死んじゃいそうだけど？

妹なんかと一緒に官能小説読んで変態トロフィーなんて出た日には、一生深雪と顔も会わせられないけど？

「み、深雪……おにい、今日は眠いからそろそろ寝ようかな……」

と、俺は深雪に背中を向けて睡眠の姿勢に入る。

「お、おにい、なんか私のこと……避けてる？」

背後からそんな寂しそうな深雪の声が聞こえてくる。

「いや、別にそんなことないっす……」

「おにい……私はおにいのこと好きだよ。普段は恥ずかしくてちょっと素っ気ない感じにしてるけど、ホントはおにいともっと仲良くしたいと思ってるんだよ。鈴音ちゃんとも仲良くなってくれて嬉しいし……」

と、寂しげに俺の背中を指で摩《こす》ってくる。

「ちっちゃいときは私と一緒に遊んでくれたのに……」

「………」

「私、幼いころみたいに、おにいともっと仲良しでいたいなぁ……」

か、可愛い……。

そうだよ……。幼い頃の深雪はお兄ちゃんっ子だった。将来はおにいのお嫁さんになるって言っていたぐらい俺を慕ってくれていたじゃねえか。

そういえば最近は深雪に全然かまってやってなかったもんな。深雪は全然平気そうな顔をしてたけど、本当は少し寂しい思いをさせていたんだな……。

そんな可愛い妹が昔を思い出して一緒にご本を読もうって言ってくれているのだ。

そんな妹からのお願いを断る理由なんてないよな？

「み、深雪……」

俺は体を反転させて真横で寝そべる妹の顔を見た。

「おにい……私と一緒にご本読も？」

と、あの頃と同じキラキラした瞳で俺にそんなおねだりしてくる深雪。

そんなキラキラの瞳を眺めながら俺は思った。

やっぱり無理だわ……。

いや、一瞬可愛い妹のためなら一緒に読むのもありかなって思ったよ？　けどさ……官能小説は違うじゃん……。

しかも深雪は知らないだろうけど、そのハルカちゃんって女の子、お前の大親友がモデルだぞ？

兄妹二人で親友兄妹の近親相姦《きんしんそうかん》モノの官能小説を読むのはやっぱり正気の沙汰じゃないって。

「ごめん……さすがに無理だわ」

と、俺は素直に自分の気持ちを口にした。

そんな俺に深雪は少し寂しそうにしばらくうつむいていた。

が、不意に顔を上げると、

「一緒に読めって言ってんのが聞こえなかったのか？　海に沈めるぞ」

と屈託のない笑顔で俺の胸ぐらを摑んできた。

あ、そういえば俺……いつから自分に拒否権があるって勘違いしてたんだろう。

「…………はい……」

ということで、拒否権のなかった俺は深雪さまのそばにうつぶせに寝そべって、彼女の持つスマホへと視線を向けた。

終わったわ……妹と一緒に自分の書いた官能小説を読むとかどんな拷問だよ……。

が、そんな俺の絶望などつゆ知らず、深雪は相変わらずの笑顔で「じゃあ開くね」とスマホをタップした。

そして……。

そこに表示されたのは俺の書いた官能小説……ではなかった。

「ん？」

なぜかそこに表示されていたのは馬に跨る知らない美少女のイラストだった。

「なにこれ……」

「な、なにって……鈴音ちゃんに教えてもらった漫画だけど……」

「もしかしてハルカちゃんって――」

「この子がハルカちゃんだよ。女の子の騎手さんで可愛くてかっこいいんだよ」

「なるほど……」

どうやらそれはWEB漫画のようで、馬に跨るジョッキーの女の子のイラストとその上に漫画のタイトルが書かれている。

跨るハルカちゃんに鞭をぺんぺんするハルカちゃん……。

あぁ～俺って自分で思っていたよりも全然変態だったんだな……。

そんなイラストを眺めながら俺が思ったこと。

鈴音さん、勘違いしてすみませんでした……。

その夜、俺と深雪は朝までハルカちゃんの雄姿に魅了され続けることとなった。

あとがき

初めまして、あきらあかつきと申します。

この度は『親友の妹が官能小説のモデルになってくれるらしい』をお買い上げいただきありがとうございます。

本作をお楽しみいただけたでしょうか？

本作は、一見清楚可憐《せいそかれん》な親友の妹が蓋を開けてみたらとんでもない変態で、主人公を含めた周りのキャラクターを変態の渦に巻き込んでいくという作品でございます。

情緒もへったくれもないような作品ではございますが、変態と笑いの暴力という意味では他の追従を許さない作品に仕上がったかなと勝手に自負しております。

本作をお読みいただき少しでも笑っていただき、少しでも性癖が曲がっていただければ、作者としてこの上ない幸せでございます。

いやぁ～まさかこの作品が書籍化されるとは思ってもみませんでした（笑）。

本当に自分の趣味と性癖ＭＡＸで書いていた作品だったため、書籍化の打診をいただいたときは、書店に並べても問題ないレベルに鈴音ちゃんの変態性を抑えることになるだろうと思っていました。

ですが、蓋を開けてみればWEB版よりも圧倒的にエロシーンを強化することとなりました（嘘《うそ》だろ……おい……）

僕が思っていたよりもライトノベル業界はずっと寛大だったみたいです……。

何はともあれ本作が無事書籍として発売することができて感無量です。

それにしてもおりょう先生のイラストは素晴らしいですね。

キャラクターデザインを初めていただいたときは、鈴音を始めとしたキャラクターの可《か》愛《わい》さに度肝を抜かれました。

本当にどのキャラクターも可愛い。エロくて可愛い。

最後になりましたが、担当編集者さま、編集部の皆さま、おりょう先生、本作の制作、販売に携わっていただいた方々、本作を手に取っていただいた読者さまに御礼申し上げます。

特にWEB連載時からお読みいただいていた読者さまからは多くの元気をいただきました。本当にありがとうございました。

それではこれから二巻、三巻とシリーズが続き、また皆様と会えることを願って筆を置かせていただきます。

親友《しんゆう》の妹《いもうと》が官能小説《かんのうしようせつ》のモデルになってくれるらしい

著　あきらあかつき

角川スニーカー文庫　23396

2022年11月１日　初版発行

発行者　山下直久

発　行　株式会社KADOKAWA
〒102-8177 東京都千代田区富士見2-13-3
電話　0570-002-301（ナビダイヤル）

印刷所　株式会社暁印刷
製本所　本間製本株式会社

◇◇◇

●お問い合わせ
https://www.kadokawa.co.jp/（「お問い合わせ」へお進みください）
※内容によっては、お答えできない場合があります。
※サポートは日本国内のみとさせていただきます。
※Japanese text only

Printed in Japan　ISBN 978-4-04-113195-4　C0193

★ご意見、ご感想をお送りください★
〒102-8177 東京都千代田区富士見 2-13-3
株式会社KADOKAWA　角川スニーカー文庫編集部気付
「あきらあかつき」先生「おりょう」先生